DER ZAUBERKAFTAN

KOLOMAN MIKSZÁTH

Herausgeber: Culturea (34, Hérault)
Druck: BOD - In de Tarpen 42, Norderstedt (Deutschland)
Website: http://culturea.fr
Kontakt: infos@culturea.fr
ISBN:9791041907687
Veröffentlichungsdatum: FEBRUAR 2023
Layout und Design: https://reedsy.com/
Dieses Buch wurde mit der Schriftart Bauer Bodoni gesetzt.

ER WIRT MIR GEBEN

Erstes Kapitel.

Jene Städte sind närrisch, welche klagen: Wir haben viel gelitten, bei uns haben die Türken ein oder zwei Jahrhunderte gehaust. Wahrhaft litten jene Städte, wo weder Türken hausten, noch Labanzen und Kurutzen, und welche sich aus eigner Kraft erhielten, wie zum Beispiel Kecskemét; denn wo von den kriegführenden Parteien sich die eine aufhielt, dort dominierte, plünderte nur die eine und die anderen wagten sich nicht einmal hin, wo aber keine einzige wohnte, dorthin gingen alle Erdbeeren sammeln.

Eines Tages wandelte den Ofner Pascha die Laune an, ein wenig zu brandschatzen: »Mein Sohn Dervisch Beg, schreibe dem Kecskeméter Richter!« Und der Brief ging sofort ab, aus dessen üppigem Stile der Ausdruck nicht fehlte: »Ihr spielt mit Euren Köpfen!«

Aber auch der Szolnoker Musta Beg ging nicht anders vor, denn er brandschatzte Czegléd, Körös, Kecskemét und die umliegenden Dörfer. Jede gesegnete Woche warf er ihnen neue Lasten aus, indem er schrieb: »Diesen Herrenbrief sollt Ihr zu Pferde in jede Stadt, in jedes Dorf tragen und darnach handeln.«

Seine Gnaden, der tapfere Herr Emerich Koháry rechnete gleichfalls auf die wohlhabenden Städte und erließ von Seite der Kaiserlichen aus Szécsény Verordnungen, ja selbst der Gácser Stuhlrichter, Seine Gnaden Herr Johann Darvas war nicht faul, ihnen an den Leib zu gehen, wenn die Kurutzen etwas nötig hatten. Dazu kamen noch die herumschweifenden tatarischen Horden und die verschiedenen Truppen, welche auf eigene Faust arbeiteten. Und mit all diesen sollte man auf freundschaftlichem Fuße leben!

In Kecskemét gab es schon damals berühmte Märkte. Was den Augen schön, dem Munde gut ist, das alles brachten die türkischen, deutschen und ungarischen Kaufleute haufenweise hierher und der Markt hatte stets ein trauriges Ende, denn wenn er eben im besten Zuge war, erhob sich eine Wolke auf der sandigen Straße, es kam der Kurutze oder der Türke, oder gar ein Haufe Labanzen sauste wie der Blitz nieder und verschwand mit den wertvollsten Waren beladen wieder in einer Staubwolke.

Die bitteren Pillen aber konnte dann die wohledle Stadt verschlucken, denn hatten die Türken die Zelte geplündert, so fielen nunmehr die Labanzen mit großen Rechnungen über sie her.

Die Stadt habe ohne Verzug den Schaden der Kaufleute zu bezahlen, sonst wird gestürmt; wenn der Labanze raubte, galt es auch gleich für die armen Kecskeméter, denn dann verlangten die Kurutzen und Türken Schadenersatz für ihre Kaufleute und diese Forderungen erreichten fast immer die Höhe von tausend Goldstücken.

Vergebens seufzte der Oberrichter Johann Szücs: »Woher nehmen, woher? Das ist ja nicht das Kremnitzer Goldbergwerk; unter unseren Füßen ist ja nichts als Sand, Sand bis hinunter zur Hölle.«

Endlich ward die Sache doch unerträglich, man hielt großen Rat und dann gingen die guten Leute zum Palatin, der aber nach der Erzählung des Herrn Paul Fekete sehr mißmutig wurde, als sie ihm vortrugen, daß sie eine Bitte an ihn hätten.

»Verlanget nur nichts großes, denn ich gewähre es euch nicht.«

»So sehr verlangen wir nichts großes, daß uns selbst das zu viel ist, was wir haben.«

»*Valde bene, valde bene,*« meinte der Palatin schmunzelnd.

»Wir bitten Eure Gnaden, uns unsere Märkte zu nehmen.«

Der Palatin dachte nach, hüstelte. »Hm, es ist kein richtiges Regime, *amici*, das den Leuten etwas nimmt, wovon der Nehmende keinen Vortheil hat.«

Trotzdem kam bald darnach eine Ordre von Leopold I., daß die Kecskeméter Märkte von nun an zu sein aufgehört haben. Selbstverständlich wurden nun die Türken ebenso wütend wie die Kurutzen. »Diese elenden Philister berauben uns unseres Nebenerwerbes.« Sie hatten jetzt originelle Ideen. Am schwarzen Sonntag vor Ostern stürmte der berühmte Kurutzenführer Stefan Csuda mit seinen Truppen in die Stadt. Sie sprengten geradenwegs zum Stiftskloster. Hier befahl der Anführer seinen Leuten: »Nichts anrühren, Kinder, nur den Quardian müßt ihr gefangen nehmen, denn diesen werden sie auslösen.« Sie nahmen wirklich den Quardian, den dicken Pater Bruno, gefangen, setzten ihn auf ein Maultier, das bisher ein treuer Arbeiter des Klostergartens war, zumal es die Wasserfässer schleppte. Damit aber der fluchende, strampelnde Pater nicht vom Rücken des Buri falle (Buri hieß das Maultier), banden sie ihn mit Stricken und Riemen fest ... Sie hatten sich nicht verrechnet. Eine große Bestürzung griff Platz unter den katholischen Gläubigen. Die Witwe Paul Fábián, die bucklige Julie Galgóczi und die verwelkte Klara Bulki begannen unter dem Präsidium des Paters Litkei sofort das Lösegeld zu sammeln, indem sie von Haus zu Haus wanderten. »Lösen wir den armen Pater Bruno aus. Er hat eine prächtige Predigt zu den Osterfeiertagen einstudiert, diese können wir nicht ungesprochen lassen.« Hundert Goldstücke wurden gesammelt, mit diesen begaben sich die Erwählten der Frauen auf den Weg zum Kurutzenlager: Senator Gabriel Poroßnoki, Kurator Johann Babos und der Wagner, Herr Georg Doma.

Nach männiglichen Abenteuern und Mißgeschicken fanden sie endlich den Stefan Csuda, der sie wild anfuhr: »Ihr seid die Kecskeméter, nicht wahr? Nun, was wollt ihr?«

»Wir sind ihn holen gekommen,« sprach der fromme Babos, seine winzigen grauen Augen gegen den Himmel erhebend.

»Wen, den Maulesel oder den Quardian?« scherzte der gutgelaunte Stefan Csuda.

»Beide, wenn wir übereinkommen können,« meinte Herr Poroßnoki.

»Der Geistliche ist nicht viel wert, aber das Maultier können wir wohl brauchen. Es schleppt die große Trommel.«

Sehr wohl gefiel den guten Kecskemétern diese Erklärung des Kurutzen, denn wenn der Geistliche nicht viel wert ist, wird er wohl billig zu haben sein und sie nickten beifällig mit dem Kopfe.

»Also woran sind wir mit Sr. Hochwürden?«

»Ihr könnt ihn für drei Goldstücke haben.«

Die drei Männer schauten sich lächelnd an, wie wenn sie sagen wollten, »billig, wahrhaftig sehr billig!« Poroßnoki warf einen Flügel seines blauen Mantels zurück und griff in die Tasche, um die drei Goldstücke hervorzuholen. »Da sind sie! Nehmt sie, Herr!«

Der Kurutzenführer schob die Hand des Senators bei Seite. »Den Geistlichen brachte das Maultier, jetzt soll auch der Geistliche das Maultier mitnehmen. Dies ist nur gerecht, ohne das Maultier ist kein Geschäft.«

»Hol's der Teufel,« meinte der Senator wohlgelaunt. »Welches Lösegeld bezahlen wir für das Maultier?«

»Der fixe Preis desselben beträgt,« gab Csuda jedes Wort betonend zurück, »hundertsiebenundneunzig Goldstücke.«

In den Bürgern stockte das Blut; der kleine Babos blinzelte auf den Kurutzen, ob dieser nicht spaße, doch das gebräunte Antlitz blickte jetzt sehr ernst, vordem war es bedeutend heiterer; die Kecseméter verzagten trotzdem nicht.

»Hättet Ihr, Herr, das Herz, für ein Maultier so viel Geld zu nehmen, wie für vier arabische Pferde. Überlaßt uns den Geistlichen separat! Wir kommen lieber ein andersmal das Maultier einlösen,« ergänzte Herr Babos.

Jetzt übernahm wieder Herr Georg Doma die diplomatischen Verhandlungen. Er meinte, das Maultier könnten ja die ehrwürdigen Patres ohnehin nicht wieder benützen, nachdem dasselbe ein kompromittiertes Individuum sei, das bereits Lagerdienst geleistet hat, in einem protestantischen Truppenkörper.

Den meisten Verstand besaß noch Herr Poroßnoki, denn er durchschaute sofort, daß der Kurutzenführer zweihundert Goldstücke für den Quardian haben wollte und die Geschichte mit dem Maultier bloß Spaßmacherei sei. Er entnahm seiner Tasche den traditionellen Strumpf und ließ die Goldstücke klimpern. »Hundert Stück ohne Fehl, nicht um ein Stück mehr. Entweder nehmen wir das Geld wieder nach Hause oder den Quardian. Es hängt von Euch ab, mein tapferer Herr.«

»Nicht möglich,« schüttelte dieser den Kopf.

»Bedenket aber,« meinte Babos, »daß man unsern Herrn Christus um dreißig Silberlinge verkaufte. Wie sollten da für den Pater Bruno nicht hundert Goldstücke genügen?«

»Biblisieren Sie nicht!« schrie der Kurutz, »denn es ist wohl wahr, daß sie unsern Heiland für dreißig Silberlinge verkauften, aber für wie viel ihn das Christenthum vom Tode losgekauft hätte, das wissen Sie nicht.«

Unter solchen Plänkeleien schlossen sie den Handel endlich mit hundert Dukaten ab, welche Herr Csuda einzeln besah, ob sie nicht abgefeilt sind, dann klingen ließ, ob man an ihrem Klange nicht einen kleinen Siebenbürger Accent wahrnehme (dort hielten sich nämlich zu jener Zeit die Falschmünzer auf). Als dann alles ins reine gebracht war, lieferte er den abgemagerten Pater Bruno aus, welchen die Deputation in großem Triumph nach Hause führte.

Aber nicht lange dauerte ihre Freude, denn als sie sich der Heimat näherten, kaum Nagy-Körös verlassend, dessen Häuser noch im abendlichen Nebel sichtbar waren, schimmerte von rechts der schlanke Turm Kecseméts hervor und eine sich nähernde Staubwolke. »Was zum Teufel kann das sein?« frugen sich unsere Leute.

»Offenbar kommt uns eine Prozession entgegen. Es wird auch eine Rede geben *reverendissime*, freilich wird es eine solche geben. Es wird nichts schaden, sich auf die Antwort vorzubereiten.«

In den Augen Pater Brunos glänzten Thränen. »Meine armen guten Gläubigen lieben mich, sie lieben mich schrecklich. Wer wird wohl die Rede halten? Wahrscheinlich der schön sprechende Pater Litkei. Freilich, freilich. Ich sehe ihn ja schon. Er ist es, dort voran. Ich will ein Hund sein, wenn er es nicht ist.«

Herr Georg Doma brauchte kein Hund zu sein, denn es war in der That Pater Litkei; seinen breiträndrigen Hut, seine Riesengestalt konnte man schon von weitem erkennen, nur war seine Begleitung gerade kein Prozessionsvolk, sondern es waren türkische Soldaten. Der Galgenvogel Ali Mirze Aga führte sie an. »Guten Abend, guten Abend!« rief er, als er an unseren Reisenden vorüber ritt, »führt ihr den Geistlichen nach Hause, ihr guten Leute? Wir auch den unseren.«

Der Aga lachte, der Mönch Litkei rief den Namen Jesus, Pater Bruno winkte ihm mit dem Taschentuch nach: »Auch dich werden wir auslösen, mein lieber Sohn.«

Und in der That war es seine erste Sache, zu Hause angelangt, eine Sammlung einzuleiten. Witwe Paul Fábián, die bucklige Julianna Galgóczi und die verblühte Klara Bulki suchten neuerdings die barmherzigen Menschen auf: »Lasset den armen Mönch nicht in der Hand des elenden Heiden zu Grunde gehen. Was würde die Christenheit von uns denken?« Wenn die Börse nicht geöffnet ward, fügte Frau Paul Fábián hinzu:

»Und was würde Nagy-Körös dazu sagen?«

Bei diesen Worten zog jeder Mensch von Kecskeméter Empfindung den Zwanziger hervor und auch der Mönch Litkei konnte nach Hause gebracht werden. Damit war die Sache nicht zu Ende, denn der Handel mit den Geistlichen kam so sehr in Mode, daß, sobald irgend ein Truppanführer ein klein wenig Geld brauchte, er sofort eine Verordnung erließ: »Ich muß einen Kecskeméter Geistlichen haben.« (Das bedeutete schon eine gewisse Summe auf dem Geldmarkte). Eine Zeit lang lösten sie die frommen Bürger aus, bis der Herr Oberrichter Johann Szücs selbst, die Ausbeutung der Stadt bedauernd, derselben mit der gottlosen Erklärung ein Ende machte: »Wenn Gott seine Diener fortführen läßt, warum sollen wir es nicht dulden? Schließlich ist ihr Herr in erster Reihe verpflichtet, ihnen zu helfen.«

Einige Mönche blieben den Räubern auf dem Hals, worauf sofort der Wert der Geistlichen auf Null sank und die erobernden Herren sich nach einer andern Ware umsahen. Es war unmöglich sie zu übertölpeln. Am Tage Peter und Paul verübten die Szolnoker Türken einen Einbruch und raubten unter den aus der Kirche kommenden Frauen die junge Gattin des Oberrichters sowie die Frau Georg Doma. Die ganze Stadt war in Aufruhr. »Das ist schon kein Spaß mehr, Gevatter!« Denn mit den Pfaffen zu manipulieren, war nicht so arg. Diese erlitten keinen Schaden, so lange sie bei den Türken waren. Aber die Frauen! Das ist ganz etwas anderes. Donnerwetter, mit den Frauen kann man nicht so manipulieren!...

Johann Szücs war so erbittert, daß er sofort seiner Stelle als Oberrichter entsagte und, nachdem er sein steinernes Haus verkauft hatte, mit Georg Doma die Frauen holen ging. Herr Szücs gab zweihundert Dukaten für seine Rippe.

Georg Doma jedoch bot nur fünfundzwanzig Dukaten an, wenn man seine Frau nach Hause läßt, hundert, wenn man sie behält, aber für immer – so daß er eine andere Frau nehmen kann.

Zülfikar Aga überlegte eine Weile, dann sagte er traurig: »Nimm nur die Frau, mein Freund.«

Unterdessen bemächtigte sich der Kecskeméter ein panischer Schrecken. Auch die Kurutzen waren eingebrochen und raubten die jungfräuliche Tochter Vicza des steinreichen Thomas Bégh bei einer Hochzeit, als sie eben mit dem jüngeren Michael Nagy tanzte. Was wird daraus werden, Herr und Schöpfer? Aus den Häusern werden sie heute oder morgen die kostbaren Frauen hervorziehen!

Der Kalgaer Sultan ließ wiederholt verkünden, daß er auf die zehn schönsten Frauen rechne. Auch die Ofner Türken konnten in jeder Stunde kommen. Obwohl damals von den Kecskeméter Mädchen das Lied noch nicht verkündete: »Wer ein Bursch ist, nimmt seine Braut von da«, waren sie dennoch schon damals prächtig. Das leugneten selbst die Köröser jungen Leute nicht. Die allgemeine Verzweiflung war daher gar nicht zu verwundern. Die Lage war eine solche, wie in den sagenhaften, mit schwarzem Tuch verhüllten Städten, wo der siebenköpfige Drache die Jungfrauen der Reihe nach verzehrt. An welche kommt die Reihe, welche folgt jetzt? Diese Ungewißheit war ein unsichtbares Seil, welches jedermann in der Halsgegend fühlte. Zehnmal erschrak täglich der eine und der andere Kaufmann vor einer Staubwolke, und wenn die dürren Bäume des Talfája-Waldes des Nachts zu ächzen begannen, so glaubten sie auch darin das Sausen der herannahenden Horden zu vernehmen: »Ach, die Vagabunden kommen schon wieder.«

Allabendlich falteten die Frauen ihre kleinen Hände und flehten inbrünstig zu dem Patron der Stadt, dem Bischof Sankt Nikolaus. Vielleicht kann der etwas thun mit dem Krummstabe, welcher auf dem Stadtsiegel zu sehen ist.

(Ich vermute, daß in diesen Gebeten *sub clausula* enthalten war: »Wenn das aber der Wille Gottes wäre – so gieb, o Herr, daß lieber die Husaren Czudas kommen sollen, als die hundeköpfigen Tartaren und die Ofner Türken.«)

Zweites Kapitel.

Die Erbitterung wuchs immer mehr. Die Angelegenheiten der Stadt sahen immer schlechter aus. In der Rechtsprechung war eine Pause eingetreten, denn man konnte nirgends Richter auftreiben, obwohl in Kecskemét das »aufgetriebene Gericht« im Gebrauche stand. Man stellte aus den zum Markte gekommenen Fremden den Gerichtshof zusammen.

Jetzt aber, da Johann Szücs den Stab eines Oberrichters niederlegte, gab es keinen, der danach griff. Es hat niemand Tollkirschen gegessen!

Vier, fünf Verordnungen täglich zu erhalten, mit unmöglichen Wünschen und mit dem liebenswürdigen Postskriptum: »Denn sonst werde ich Deine Gnaden rädern lassen« – und verrückt wie die Welt ist, führt man das auch aus. Die Menschen beschwerten sich laut. »Entweder wir ziehen von hier fort, oder wir sterben hier, aber so können wir nicht weiter leben. Man muß etwas machen.«

»Aber was? Die Türken können wir doch nicht allein aus dem Lande jagen, wenn es der Kaiser selbst nicht thun kann.«

Indem die Senatoren im Stadthause auf diese Weise gedankenvoll berieten, rief mit einem Male eine Stimme zum geöffneten Fenster hinein: »Ich aber sage euch, daß man die Türken nicht vertreiben, sondern hieher nach Kecskemét bringen soll.«

Die Senatoren blickten alle auf. »Wer ist der Tollkühne? Wer spricht da draußen?«

»Der Sohn des Schneiders Lestyák.«

»Wie wagt der, unsere Rede zu unterbrechen,« sprach Martin Zaládi indigniert und winkte dem Heiducken. »Schließen Sie das Fenster!«

Gabriel Poroßnoki sprang auf, als ob ihn irgend eine elektrische Kraft emporgehoben hätte. »Ich aber sage, daß man den jungen Mann nicht wegtreiben, sondern hereinbringen soll, damit wir ihn anhören.«

Die ernsten Stadtväter schüttelten die Köpfe, wagten es jedoch nicht, dem angesehensten Senator zu widersprechen, nur Christoph Agoston murrte: »Der Vater ist ein Narr und der Sohn auch. Von einem Studenten sollen wir Rat begehren? Freilich, er hat es schon, denn er hat es.«

»Was?« frug der neugierige Franz Kriston.

»Das *consilium abeundi* ... hahaha. Man hat ihn aus Großwardein davongejagt. Ja, er soll uns Rat geben. Wir haben ohnehin kein großes Ansehen; so soll denn unser Ansehen noch kleiner werden.«

Dann erzählte er, daß der Vater blödsinnig sei. Kürzlich schickte der wackere Pater Bruno seinen Rock zu ihm, damit er die Fettflecke beseitige. Er beseitigte sie auch, aber so, daß er sie mit der Schere ausschnitt. Den armen Pater Bruno traf beinahe der Schlag.

Gyuri Pintyö, der Heiduck, brachte unterdessen atemlos den jungen Lestyák herein. Es war ein hübscher, schlanker Junge mit so dichtem Haar, wie eine Bürste.

»Mein Sohn,« sprach ihn Poroßnoki höflich an, »vorhin hat du etwas geschrien, was mein Ohr traf. Erkläre dich näher.«

Max Lestyák kam nicht in Verwirrung, er drechselte seine Worte klar und verständlich. »Ich habe in der That gedacht, wohledle Herren, daß unter den Verhältnissen, in denen sich unsere liebe Geburtsstadt befindet, die toten Fermans, die schriftlichen Versicherungen, nicht viel wert sind. Hundertmal mehr Wert hätte ein lebender Beg, der unter uns wohnend sehr viele kleine Unannehmlichkeiten von unseren Köpfen fern hielte. Wir sind eine freie Stadt, wohledle Herren, aber unsere Freiheit ist aus Ketten geschmiedet. Suchen wir einen Tyrannen, damit wir leben können!«

Die Senatoren blickten einander an, staunend, bezaubert. So schöne warme Worte hatten sie schon lange nicht gehört, eine so schöne, sonore Stimme war in diesem Saale noch nicht erklungen. Seit morgens sitzen sie hier, ohne Rat und siehe da, es war, als ob sich unerwartet eine Fackel im Dunkeln entzündet hätte.

»Vivat!« rief Mathé Pußta aus. »Das ist eine kluge Rede.«

»Er hat Recht!« sagte der greise Georg Pató, seine silberne Mentekette schüttelnd, »er hat reines Korn aus der Spreu gesondert.«

Gabriel Poroßnoki stand von seinem Sitze auf, ging auf Max Lestyák zu und klopfte ihm auf die Schulter. »Junge, du hast von nun an eine Stimme,« sagte er feierlich. »Setzen Sie sich zwischen uns, Herr Michael Lestyák.« (Gerade war am grünen Tische ein Sessel frei: derjenige des Johann Szücs.)

Die Begeisterung brach bei diesen Worten aus. Die Ungarn lieben die überraschenden Wendungen und das war eine. Die Stadtväter sprangen auf, um dem Jungen die Hand zu drücken. Selbst Christoph Agoston murmelte versöhnt zu Franz Kriston hingeneigt: »Wenn er nur nicht die Züge seines Vaters hätte! Sein Vater kam noch als Slovake in Sandalen nach Kecskemét.«

»Das sieht man dem Knaben gar nicht an.«

Wirklich konnte jedermann in einem ärztlichen Fachblatte kürzlich lesen, daß wenn man die Wunde eines Weißen (in ärztlichem Jargon: das Fehlen der Hautkontinuität) durch die Haut eines Negers ergänzt, daß das kleine schwarze Hautstück allmählich weiß wird und daß andererseits die weiße Haut auf dem Körper eines Negers schwarz wird. Dieser Prozeß geht seit Jahrhunderten in den großen ungarischen Städten vor sich. Eine fremde Familie geht nach der anderen ganz in den ungarischen Körper auf, sie nehmen sogar die Farbe desselben an. Der alte Schneider Lestyák sieht mit seinem grauen Haare, seinem runden Kopfe wie ein Azteke, während Max mit seinem eiförmigen, harten Gesichte, mit den nußbraunen Augen, mit seinem dünnen Schnurrbarte schon ein wahrer Kumane ist, der sich in diesem Saale, wenn er in einem anständigen Anzuge erschiene und nicht in Hemdärmeln, so ausnehmen würde, wie der Enkel irgend eines an der Wand hängenden alten Senators.

Die Beratung nahm nun mit großer Begeisterung ihren Anfang. Man sprach es einstimmig aus, daß die Politik Kecskeméts derzeit die sei, um jeden Preis die Türken zu gewinnen. Dann ging der Vorsitzende Poroßnoki auf einen anderen Gegenstand über: »Es ist noch die Besetzung des Oberrichterstuhles zu erledigen. In glücklichen Zeiten ist das die Belohnung der bürgerlichen Tugend. Die ganze Stadt nimmt an der Wahl teil. Aber heute, da eine ganze Reihe von

Oberrichtern das Martyrium erlitt, den einen der Ofner Sandschakpascha aufs Rad flechten ließ, der andere in trauriger Gefangenschaft im Konstantinopler Jedikala zu Grunde ging, einen dritten die Kurutzen mit ihren Piken totstachen, die Gattin eines vierten raubten, heute, sage ich, ist die Annahme des richterlichen Stabes eine heroische Selbstaufopferung und wir haben nicht das Recht irgend einen unserer Mitbürger auf dem Wege der Wahl in den Rachen des Unglücks zu stürzen. Denn wem würden die einzelnen jetzt ihre Stimme geben? Demjenigen, welchen sie am meisten hochschätzen? Oder demjenigen, welchen sie hassen? Ist es möglich, daß nicht das allgemeine Vertrauen, sondern der allgemeine Haß Männer an die Spitze der öffentlichen Angelegenheiten stelle? Ich, wohledle Herren, halte das für unmöglich.« (Stürmischer Beifall.)

»Wahr! So ist's!«

»Unter solchen Umständen, da der Oberrichter aus den Senatoren gewählt werden soll, giebt es nur den einzigen *modus vivendi*, daß jemand von Ihnen freiwillig das Amt eines Oberrichters übernehme.« ...

Unruhig ließ er seine Blicke im Kreise umherschweifen.

Es herrschte kirchliche Ruhe im Saale. Die Senatoren rührten sich nicht.

»Niemand?« frug er mit düsterer Stirne. »Dann müssen wir zum letzten Mittel greifen, welches unsere alten Gewohnheiten dann anordnen, wenn von den Senatoren jemand eine Aufgabe von unheilvollem Ausgange erhält. Pintyö, bringen Sie die Bleikiste herein.«

Der Heiduck brachte eine kleine Bleikiste aus dem benachbarten Zimmer, auf deren vier Seiten je ein Totenkopf ausgehauen war.

»Hier sind die zwölf Würfel,« sagte Poroßnoki dumpf und ließ sie auf die Mitte des Tisches kollern, auf dessen grüner Fläche die eindringenden Strahlen der Herbstsonne mutwillig umhersprangen. Ein schwarzer und elf weiße Würfel: »Wer den schwarzen zieht, wird Oberrichter!« Die Würfel legte er wieder in die Kiste zurück.

»Es sind aber nur elf Senatoren anwesend,« sprach Herr Kriston mit zitternder Stimme dazwischen, »der eine Würfel ist überflüssig.«

»Ausgenommen, wenn auch Herr Lestyák einen zieht.«

»Wenn er eine Stimme hat, muß er auch ziehen,« meinte Herr Zaládi, »der Mantel der Rechte ist mit Pflichten wattiert.«

»Er soll ziehen!« entschied man einstimmig.

Das Auge Lestyák's erglänzte, sein Gesicht erglühte. »Wenn ich nur den schwarzen Würfel zöge,« dachte er bei sich.

Unterdessen transpirierte mit Hilfe der Heiducken der Fall Lestyáks in die draußen harrende Menge, daß die Senatoren seit dem Morgen gedankenlos dasaßen, daß Max unter das Fenster kam und den Funken der Weisheit unter sie warf, worauf Gabriel Poroßnoki ihn von der Gasse hineinrufen ließ und ihn zum grünen Tische unter die Alten der Stadt setzte.

Hat jemand schon so etwas gehört? Aber Gabriel Poroßnoki ist dennoch ein wackerer Mann, der selbst im Schnabel der Eule das Glänzende bemerkt.

Das Volk wogte lebhaft vor dem Gebäude. Von Zeit zu Zeit erscholl eine Stimme aus der Menge: »Es lebe Max Lestyák! Wir wollen Lestyák sehen! Wir wollen ihn hören!«

Frau Fábián sprach zu einer großen Gruppe mit lebhaften Gebärden: »Sein Verstand hat sich enthüllt. Gott hat ihm im Schlafe zu wissen gegeben, was er sagen soll, wie unsere arme Stadt von den bösen Heiden befreit werden kann. Warum Gott gerade ihn auserkor, fragen Sie, Frau Létasi? Weil Se. heilige Majestät immer mit den Kindern der Handwerker arbeitet. Unser Heiland, Christus, war der Sohn eines Zimmermanns und dieser der Sohn eines Schneidermeisters. Aber seht nur, er kommt!«

Aus dem Nachbarhause kam Herr Mathias Lestyák mit raschen Schritten, indem er in der einen Hand zornig die Elle schwang und in der anderen einen kornblumfarbigen Mantel hielt. »Wo ist dieser Kerl, daß ich ihn tot schlage!« schrie er wild. »Er kam hierher, er muß hier sein.«

»Er ist im Senat«.

»Wer? Der Max? Wie kam er denn hin? Verbarg er sich vor mir? Ich will doch warten, bis er herauskommt. Ich werde diesem Kerl schon zeigen! Zu Staub will ich ihn zermalmen. Vor einer Stunde gab ich ihm daß Bügeleisen, damit er es wärme, denn noch heute muß ich den Mantel des Halaser Bürgermeisters nach Hause bringen, welcher darin mit einer Deputation morgen ins Neograder Komitat geht. Ich rufe jetzt in die Küche: ›Max, bring' schon einmal das Bügeleisen!‹ Aber weder Bügeleisen, noch Max erscheint. Soll da der Mensch nicht vor Zorn bersten?«

Valentin Katona, der Kürschner, ergriff die Partei des Sohnes.

»Man kann einen erwachsenen Burschen nicht mehr als Schneidergesellen beschäftigen und mit dem Wärmen des Plätteisens quälen.«

»Kümmern Sie sich um Ihr eigenes Kalb,« erwiderte der Schneider roh. »Was soll ich denn mit ihm anfangen? Früher oder später wird er ohnehin aufgehängt. Er schnüffelt immer nach städtischen Angelegenheiten umher. Ich werde dir schon städtische Angelegenheiten geben. Ich werde den Lumpen braun und blau schlagen.«

»Daraus wird nichts!« warf Valentin Katona neuerdings ein, an das heutige große Verdienst des Jungen denkend.

»Die Erde soll mich verschlingen, wenn ich ihn nicht züchtige.«

Valentin Katona wollte eben seinem in weicherem Material arbeitenden Kollegen erklären, wie Max in den Senat gelangte, als das Fenster des Beratungssaales mit großem Lärm geöffnet wurde und der wohledle Herr Gabriel Poroßnoki »Verehrliches Volk der Stadt Kecskemét!« mit Stentorstimme hinausrief, worauf Grabesstille eintrat. »Ich melde euch im Namen des Senates, daß vom heutigen Tage angefangen, auf ein Jahr der wohledle und achtbare Herr Michael Lestyák nach unseren Gesetzen und Gewohnheiten zum Oberrichter der Stadt gewählt wurde.«

Ein Gemurmel der Überraschung ging durch die dicht gedrängte Menge.

Es gab zuerst ein Gelächter: »Hahaha! Michael Lestyák! Hehehe!«

Aber bald begegneten diese Stimmen anderen, welche vielleicht aus Gewohnheit »Eljen« schrien.

Und nach ihnen schlossen sich hunderte von Stimmen dem ersten »Eljen« an und wuchsen zu einem breiten, durchdringenden Schrei an ... Wenn das erste »Eljen« bescheidener und das erste »Hahaha« frischer gewesen wäre, dann hätte sich das »Eljen« geteilt und das himmelstürmende Geschrei hätte jetzt so geklungen wie das Lachen der Hölle: Hahaha, Hihihi!

Je größer die Masse ist, desto leichter ist sie. Wie ein weicher Flaum, welchen der erste Windhauch in die Höhe trägt, schwankt sie nach rechts und links.

Bei den stürmischen Eljenrufen ergoß sich das Volk aus den Gassen. Von allen Seiten liefen Neugierige herbei. Einige kamen mit Wasserkübeln und riefen: »Wo ist das Feuer?« oder sie gebrauchten Fragen wie: »Was giebt's? Was ist geschehen?«

Das Thor des Stadthauses öffnete sich und die Senatoren traten zu zweien heraus, in der Mitte Michael Lestyák.

»Er kommt! Er kommt!« Es entstand ein furchtbares Gedränge. Jedermann wollte ihm nahe kommen.

Er schritt stolz, würdevoll einher, wie wenn er nicht mehr der Michael wäre. Die Röte der Jugend brannte auf seinen Wangen, die Augen ließ er lächelnd über die Menge schweifen, wie sich dies für ein Glückskind ziemt.

Ihm zur Seite schritten zwei Heiducken mit hocherhobenen Stäben, gleichwie einstmal die Liktoren der römischen Konsuln. Das waren die Attribute der Macht.

Allein es war unserem wohlgeborenen Herrn Richter recht wohl zu gönnen – denn das zweiundzwanzigjährige Bürschchen in Hemdärmeln und abgeschabter Weste nahm sich unter den ansehnlichen Senatoren in silberknöpfigen Dolmans etwas sonderbar aus. Vielleicht auch war gerade dies die Sehenswürdigkeit, ob welcher das Volk in Jauchzen ausbrach.

Der alte Lestyák wurde bald bleich, bald purpurrot. »Mein Gott, mein Gott, träume ich denn?« (Und dabei rieb er sich die kleinen grauen Augen, vielleicht auch wischte er eine vordringliche Thräne weg.) »Nachbar, stützen Sie mich!« Und in der That wäre er zusammengesunken, hätte Valentin Katona ihn nicht aufrecht gehalten.

»Na, jetzt möge Ew. Wohlgeboren den Oberrichter der Stadt mit dem spanischen Rohr bearbeiten, wenn Sie ein solch großer Potentat sind.«

Er antwortete nichts, allein der Stock entfiel seiner kraftlosen Hand; er schloß die Augen, allein selbst im Dunkeln fühlte er das Nahen des Oberrichters; er sprang mit einem Satz, wie ein Hamster, auf ihn zu und bedeckte ihn mit der ungebügelten neuen Mente, welche noch die weißen Nähte und die Kreidestriche des Schneiders aufwies.

Die Menge nahm auch dies mit brausendem Beifall auf, nur Valentin Katona rief spaßhaft aus: »Halloh! Gevatter Mathias! In welchem Kleid geht denn nunmehr der Halaser Bürgermeister nach Fülek?«

Der alte Schneider antwortete in verbissenem Trotz: »Er soll im Szür dahin. Dazu ist er mir ein zu kleiner Mann, daß ich ihm eine Mente nähe.«

Und damit brach er sich, gleich einem wildgewordenen Stier einen Weg durch die Menge, stürzte nach Hause, in den kleinen Garten vor seinem Häuschen, wo ein großer Birnbaum seine rostroten Früchte begehrenswert hängen ließ und seine mächtigen Zweige auf die Straße hinausstreckte. Rasch wie ein Eichhorn kletterte er bis zur Krone hinauf und wie wahnsinnig begann er an den oberen Zweigen zu rütteln. Die herrlich duftenden Birnen, seine eifersüchtig gehüteten Schätze fielen dicht in die Menge »Czup, czup«, und die Kinder und Weiber warfen sich auf den Himmelssegen, gleich wie das Volk sich auf das Gold stürzt, das der Oberstkämmerer bei der Krönung in die Luft streut. Auch bejahrte Männer beugten sich nieder nach den rollenden Birnen.

»Esset euch toll und voll! Da habt ihr eine Mahlzeit!« schrie der Alte und rüttelte und schüttelte wild an dem alten Baum, so lange dieser auch nur eine einzige Birne trug.

.... So beging er die Installation seines Sohnes.

Drittes Kapitel.

Der erste Rausch der Oberrichterwahl war vorüber. Am dritten Tag war das Publikum ernüchtert.

»Es war doch nur eine Dummheit,« sagte man. »Ein wahrhaftiger Faschingsscherz.«

»Man macht die Stadt lächerlich!« ließen manche sich vernehmen.

»Das haben die Pfiffikusse, die Senatoren gethan, damit sie ihrer eigenen lieben Haut zum Winterschlaf verhelfen.«

Hier und dort brach auch der Ärger hervor, verriet sich der Neid und ließ die Unzufriedenheit eine ihrer Blüten sehen.

Allein die nüchternen Machthaber beeilten sich den neuen Oberrichter anzuerkennen.

Zülfikar Aga schrieb ihm einen freundlichen Brief aus »der wohlgehüteten Festung Szolnok«, daß er sein Amt mit einer edlen That beginnen könnte, wenn er die bei ihm, dem Aga, befindlichen beiden Einsiedler auslösen wollte.

Herr Stefan Csuda bat in ziemlich freundlichem Tone um vier Wagenladungen Brot.

Nur der Vertrauensmann des Ofner Kaimakam, Halil Effendi, der nach Kecskemét kam, um hier Steuerangelegenheiten zu ordnen, fuhr im Stadthause wütend auf, daß man ihn mit einem bartlosen Jüngling unterhandeln lasse, worauf der Oberrichter sich auf den Fersen umdrehte und die Thür heftig zuwarf. Einige Minuten später erschien der Heiducke Pintyö, einen alten Ziegenbock am Stricke nach sich schleppend.

»Was willst du mit dem dummen Vieh, du ungläubiger Hund?«

»Ich brachte es auf Befehl des Herrn Oberrichters. Der Herr möge mit dem Bock da unterhandeln, der hat einen Bart.«

Dieser Trumpf gefiel in Kecskemét und die Wage sank zu Gunsten Miskas.

»Das wird ein Mann! Der läßt nicht mit sich umspringen. Er hat's dem Effendi tüchtig gegeben. Einen solchen Oberrichter hatten wir noch nicht.« Und sie beobachteten ihn seither sehr aufmerksam, was wohl aus ihm werden würde. Und richtig brachte fast jeder Tag der öffentlichen Meinung eine kleine Delikatesse. Man erzählte sich, der Oberrichter habe den Goldschmied Johann Balogh und den aus Kronstadt hierher verschlagenen berühmten Goldschmied Wenzel Walter zu sich berufen: sie mögen eine Peitsche anfertigen, deren Griff aus reinem Gold sein solle, ausgelegt mit Topasen, Smaragden und anderen strahlenden Edelsteinen, ferner einen Filigran-Fokosch, dessen Stiel gleichfalls Gold und dessen Scheide reines Silber sein müsse. Sie mögen den Tag nicht für die Nacht ansehen, sie mögen's vielmehr umgekehrt thun. Diese beiden wertvollen Dinge verschlängen eine Million. (Ja, hat denn die Stadt für dergleichen Dinge Geld?) Am folgenden Sonntag gingen die Richter und die beiden Senatoren sämtliche Geschäftsläden durch und kauften den gesamten Vorrat an nationalfarbenen Bändern auf, alsdann fuhren sie mit den vier Pferden der Stadt nach dem »Szikra« hinaus. Der Szikra ist die Sahara der Stadt Kecskemét. Ein Meer aus Sand. Seither haben die Enkel dort Bäume gepflanzt, damals war der Sand noch frei, er wanderte und rollte in hohen, wilden Wellen, nach seinem Gefallen ins Unendliche. Ringsumher auf einem unendlichen Gebiete weder Wasser, noch Pflanze; die Sonne sendet ihre Strahlen in lilienweißer Farbe auf die Milliarden winziger Sandkörner, welche sich in augenblendender Schnelligkeit bewegen, wie wenn Tausende unsichtbarer Besen unaufhörlich arbeiten würden, oder nur der Sonnenstrahl sich auf ihnen bewegt und umherspringt. Von einem Tier, einem lebenden Wesen ist keine Spur vorhanden. Dieses Landgebiet kann nicht einmal einen kleinen Maulwurf hervorbringen. Denn dieses Gebiet ist nur auf der Durchreise begriffen. Hier kann niemand zu Hause sein, da die Erde selbst nicht zu Hause ist. Auch ein Maulwurf liebt es, wenn er seinen Bau verläßt, ihn wieder vorzufinden. Ei, wer würde es versuchen hier auch nur einen einzigen Sandhügel zu bezeichnen, den er morgen wiederfindet? Die Hügel ziehen fort wie der unstäte Wanderer, sie lösen sich und bilden sich an anderer Stelle wieder. ... Es herrscht tiefe Totenstille. Nur zuweilen zwitschert eine Schwalbe oben in der Luft, welche es nicht verschmäht, dort vorbeizufliegen. Weit, sehr weit schnattert ein Wildentenpaar. Dort ist irgendwo ein Weiher. Wenn die Sonne aufgeht, ringt sie sich aus einem Sandhügel empor und sinkt am Abend wieder auf einen Sandhügel herab. Die Sonne selbst erscheint als ein glänzender Sandhügel, dessen goldener Staub aus der Höhe auf die graubraune einförmige Welt herabweht. Lange, lange muß man wandern, bis endlich unwillkürlich ein Freudenruf auf die Lippen kommt. Jetzt kann das Wasser schon nicht mehr weit sein. Zwischen zwerghaften Weiden windet sich die romantische Theiß, unser Süßwasserfluß. Links erglänzt eine kleine Hütte. Üppige Weiden breiten sich hinter ihr aus, mit wehendem Röhricht. Den Oberrichter interessierte das Leben der Pußten; er betrachtete Alles der Reihe nach. Dann befahl er den Ochsen- und Pferdehirten, daß von heute in vier Wochen bei Sonnenaufgang hundert schön gehörnte weiße Ochsen und fünfzig der fehlerfreiesten Hengste, deren Mähnen mit nationalfarbenen Bändern geschmückt, vor dem Stadthause stehen müssen. Auch von den Hörnern der Ochsen sollen nationalfarbene Bänder herabwehen. Diese Verfügung blieb nicht geheim, sobald die Herren nach Hause kamen, und wenn es schon damals in Kecskemét Zeitungen gegeben haben würde, so hätte der verantwortliche Redakteur diese Nachricht im Entrefilet veröffentlicht. So aber sprachen die Bürger nur bei den Weinhumpen davon: »Goldener Fokos! Mit nationalfarbigen Bändern geschmückte Ochsen und Pferde! Vielleicht will der Sohn des Königs sich bei der edlen Stadt als Hirt verdingen.« Aber noch größer wurde das Staunen am anderen Tage, als Gyurka Pintyö es bei Trommelwirbel in den Hauptgassen mit seiner groben Stimme verkündete:

»Drum! Brum! Es wird allen jenen, welche es betrifft, kundgegeben!« Hier pflegte in der Regel der trommelrührende Gyurka eine Pause zu machen und seinen einem Sellerie ähnlichen Kopf zur Seite zu neigen, wie eine traurige Gans, aber so geschickt, daß sein Mund bis an den Rand der in der inneren Tasche seines Dolmans verborgenen Holzflasche kam, aus welcher er einen guten Schluck that und dann mit durchnäßter Kehle donnernd fortfuhr: »Daß, wer die Gemahlin des türkischen Kaisers werden will, sich bis Sonntag bei dem wohledlen Herrn Oberrichter melden soll.«

Darauf entstand natürlich ein Hin- und Hergerede. »Ist der Oberrichter wahnsinnig geworden.«

»Ein unreifer Knabe!« brummten Viele. Die Eingeweihten, welche wußten, was der Zweck sei, schüttelten die Köpfe. »Es wird keine Wirkung haben.« Die Naiven jedoch erstaunten und freuten sich über die Auszeichnung, denn es ist doch schön, daß der türkische Kaiser seine Frau aus Kecskemét wählt. Se. Majestät hat einen guten Geschmack. (Jetzt möge Nagy-Körös reden!) Mädchen und junge Witwen besprachen erstaunt die interessante Neuigkeit. Sie spotteten und überhäuften einander mit mutwilligen Reden fünf Tage lang am Brunnen. Der Plan des Oberrichters streckte wie die Schnecke seine Hörnchen immer weiter hinaus. Es kam die Nachricht, daß der Sultan Mahomet IV. nach Ofen käme, auch erzählte man, daß man ihm die hundert Ochsen und fünfzig Hengste bringe und daß für ihn die Senatoren als Geschenk die vier schönsten Kecskeméter Mädchen auswählen.

»Nur vier?« rief mutwillig die schöne Frau Paul Inokai aus; »armer türkischer Kaiser!«

»Und wenn du noch wüßtest, Schwester Borcsa,« erklärte Mathias Tóth, »daß er zu Hause noch dreihundertundsechsundsechzig Frauen hat.«

»Er muß viel zu thun haben,« warf die geistreiche Frau Georg Ugi ein, »bis er sie alle des Morgens durchprügelt.« (Und sie schnalzte mutwillig mit der Zunge.) Ein heller Weiberverstand, derjenige der Kata Agoston, entdeckte sofort unter den vielen Frauen die unglücklichste. »Was aber kommt auf die Arme, welche am 29. Februar an der Reihe ist, in einem Jahre, wo der Februar nur 28 Tage hat?«

Das konnte wirklich selbst Mathias Tóth nicht beantworten, er brummte etwas, daß bei den Türken ein anderer Kalender sei, aber das hinderte nicht, daß ein bis zum Weinen gehendes Mitleid über die dreihundertsechsundsechzigste Frau sich der Weiber bemächtigte. (O, arme, unglückliche Seele.) Dann gewann die Neugierde die Oberhand, wer wohl die Unverfrorenheit haben wird, sich zu melden? Obwohl es keine Narrheit wäre, zu erfahren, welche die vier schönsten Rosen in dem Blumengarten Kecskeméts seien, welche der Magistrat auswählen würde? Heimlich beschäftigten sich gewiß wieder eitle Herzen mit dem eitlen Gedanken. Aber die Schamhaftigkeit sagte: »Still!« Das Gesicht des Oberrichters nahm auch alsbald eine enttäuschte Miene an. Bis zum Sonntag blieb kein einziges Fischlein an der Angel hängen. Das heißt, daß Frau Fábián mit bemalten Augenbrauen, gesteiften Röcken hinkam. »Rathen Sie, Herr Oberrichter, warum ich kam?« sprach sie mit ihrem Blicke kokettierend.

»Vielleicht kamen Sie um Steuer zu zahlen?«

»Aber gehen Sie doch.« Und mit ihrem Spitzentuche wehte sie Lestyák kokett zu.

»Vielleicht kamen Sie um jemanden anzuklagen?«

»Nein!«

»Vielleicht sammeln Sie für die Pfaffen,« fuhr der Oberrichter fort.

Frau Fábián neigte traurig das Haupt und seufzte: »Wenn Sie es nicht erraten, dann würde ich es vergeblich sagen.« Es lag in ihrer Stimme eine Art schmerzlicher Entsagung, eine seelenerschütternde Melancholie.

»Was! Sie kommen doch vielleicht nicht, um sich zu melden!«

»Ich bin Witwe,« sagte sie schamhaft.

»Das ist ein Grund. Hm!«

»Ich thue es der Stadt zuliebe,« fuhr sie, bis zu den Ohren errötend, fort.

»Aber was würden Pater Bruno, Pater Litkei dazu sagen?« murmelte der Oberrichter halb zornig, halb lachend, »welche Sie fast zur Heiligen gemacht haben.«

»Ich werde eine Messe für meine Seele lesen lassen. Meine Seele wird auch fernerhin der Kirche bleiben, meinen Körper opfere ich für die Stadt.«

»Schön! Schön! Ich werde Ihren Namen notiren.«

Noch einige aufgeblasene Gesichter meldeten sich außer ihr. Panna Nagy aus der Czeglédergasse, Witwe Frau Kemenes, Maria Bán. Einige jagte der Oberrichter aus seinem Zimmer hinaus. »Wirst du dich von hier packen, du Scheusal, wem zum Teufel kannst du gefallen?« Einem blatternarbigen Mädchen sagte er zornig: »Hast du zu Hause keinen Spiegel?«

»Ich habe keinen, wohledler Herr Oberrichter.«

»Dann geh', mein Kind, suche dir irgendwo einen Kübel Wasser, betrachte dich darin und komme zurück, wenn du den Mut hast.«

Alle diese Details erregten in den wohlinformierten Kreisen große Heiterkeit. Am nächsten Tage, Montag, war Senatssitzung und die Senatoren selbst ließen einige bissige Bemerkungen über das resultatlose Unternehmen fallen. »Nun, befindet sich schon jemand im Käfig?«

»Keine einzige ist geeignet,« antwortete Lestyák zornig.

Herr Gabriel Poroßnoki lächelte gemütlich.

»Wir haben uns verrechnet. Es wäre leichter für den Kaiser in Kecskemét vier Mütter zu finden, als vier Odalisken,« sagte der Oberrichter dezidiert. Er war hartnäckig und unbeugsam in Dingen, die er sich einmal in den Kopf gesetzt hat. »Wir können nicht ohne Bouquet gehen.« Und damit schob er den Senatoren den vertraulichen Brief des Ofner Sandschakpaschas hin, der auf die Erkundigung, welches Geschenk Sr. Majestät angenehm wäre, mit orientalischer Dunkelheit erwiderte: »Bring' ihm Pferde, Waffen, Braten und Blumen!«

Die Blumen müssen da sein. Punktum. Freilich meldete sich bisher niemand – weil noch keine Lockspeise ausgesetzt war. Der türkische Sultan ist in der That keine solche. Wer schwärmt für den türkischen Sultan? Wenn es noch irgend ein reicher, strammer Müller aus der Theißgegend wäre, in einem hübschen, fest anliegenden hechtgrauen Dolman, in Stiefeln und wenn er eine legitime Gattin suchen würde. Aber der türkische Sultan! Von dem die Frauen unserer Gegend nur wissen, daß er der Pascha der Paschas ist. Selbst der Spatz würde sich ja nicht in den Hinterhalt locken lassen, in den aus weißen Pferdehaaren gewundenen Ring, wenn zwischen den Strohhalmen nicht rötliche Fruchtkörner hervorscheinen würden. Selbst die kleine Maus würde nicht in die Falle gehen, wenn darin nicht das weiße Speckstück verlockend glänzen würde. Auch den Kecskeméter Mädchen muß man die Lockspeise ausstecken. Und was kann diese Lockspeise sein? Nun, du lieber Himmel, was anders, als – die Kleider. Perlen, Bänder, Spitzen. Auch das ist eine heilige Dreifaltigkeit der Hölle. Von Belzebub angefangen waltet darin jeder Teufel; der eine ruft: »Komm, betrachte mich,« der andere ermutigt: »Probiere mich,« der dritte flüstert: »Sei verdammt meinetwegen.«

Michael Lestyák sandte dazu geeignete Frauen aus, die einen nach Szegedin, die anderen nach Ofen zu den türkischen Kaufleuten, damit sie die schönsten Seidenbrokatstoffe zusammenkaufen: mit Gold- und Silberblumen durchwirkte Stoffe, feine Blondspitzen, rubinenbesetzte Gürtel. Sie wurden beauftragt, alles in der glänzendsten Pracht auszuwählen. Ihr Sinn soll so darauf gerichtet sein, als handelte es sich darum, vier Prinzessinnen für den Ball herauszustaffieren.

Der alte Lestyák selbst ruhte nicht, er setzte sich auf einen Wagen im Auftrage seines Sohnes, um die benachbarten herrschaftlichen Familien aufzusuchen: Die Vays, Fáys und Bárius, für welche er arbeitete (denn er war weit und breit als ein meisterhafter Schneider berühmt), damit er von ihnen für städtische Gemeinzwecke (denn auch sie alle sind Grundbesitzer in Kecskemét) die Kleider nähenden Fräulein erbitte. Überall waren die Herrschaftsdamen, die »Patrone der Stadt«, gnädig. Meister Mathias konnte mit einer ganzen Wagenladung Fräulein nach Hause kommen. Als in großen Kisten auch die Ware ankam und alles bewundernswert war, begann unter der Aufsicht Mathias Lestyáks die fieberhafte Thätigkeit bei Tag und Nacht. Die Scheren, Fingerhüte klapperten, die Nadeln funkelten und nach und nach begannen die vielen Sammet- und Seidenstücke Gestalt zu gewinnen. Auch Hauben wurden verfertigt, für zwei Jungfrauen und zwei Frauen. Man braucht vielleicht nicht zu sagen, daß, so viele Mädchen und Frauen es gab, sie alle von diesen Wunderkleidern bei Tag sprachen und bei Nacht träumten. Es wäre alles im besten Flusse gewesen, wenn der Quardian Bruno und Pater Litkei sich nicht eingemischt hätten. Diesen gefiel nämlich der Plan keineswegs, daß in Kecskemét eine türkische Behörde sein und dies die Stadt gar selbst erbitten solle. »Wer Jehovas Getreuer ist, der soll mit Allah nicht kokettieren. Denn den treulosen Diener verstößt der eine Herr und der andere nimmt ihn nicht auf. Seid auf der Hut, Kecskeméts gottesfürchtige Einwohner.« Sie schimpften, hielten aufreizende Reden gegen den neuen Oberrichter, der mit den Türken gemeinsame Sache macht, indem er ihnen die Stadt des heiligen Nikolaus zuschanzen will, die Jungfrauen raubt und das Seelenheil verkauft.

Das Ungarherz ist ein guter trockener Zündschwamm: jeder Funke fängt. Immer mehr Menschen wurden aufgeregt. Am folgenden Sonntag sammelten sich unruhige Gruppen nach der heiligen Predigt vor dem Stadthause an, welche mit drohenden Handbewegungen schrien: »Nieder mit dem Oberrichter! Nieder mit den Senatoren!« Besonders die Katholiken waren stark irritiert. Die Lutheraner, deren Vorfahren vor mehr als hundert Jahren eingewandert sind und die aus Tolna hiehergekommenen Kalviner, welche in jener Zeit abgesondert in der Friedhofgasse wohnten, liebten ein wenig die mit den protestantischen Siebenbürger Fürsten paktierenden Ungläubigen. Den Protestanten erscheint der Turban ebenso absonderlich wie die Tiara.

Die Herren Poroßnoki und Agoston liefen erregt zum Oberrichter: »Es steht sehr schlecht. Das Volk unten ist empört. Hören Sie das nicht?«

»Ich höre es,« antwortete er gleichmütig.

»*Quid tunc?* Sollen wir unseren Plan aufgeben?«

Max sah sie spöttisch an. »Die Frage ist, ob er schlechter sei, seitdem der Quardian ihn hintertreibt?«

»Er ist nicht schlechter geworden,« sagte Poroßnoki, »aber wir müssen mit den Eventualitäten rechnen. In zwei Wochen werden die beiden Patres, welche großen Einfluß auf das Volk haben, dasselbe mit Hauen und Hacken gegen uns treiben.«

»Die Frage ist, ob wir das Schicksal Kecskeméts entscheiden oder die Gasse? Ich glaube, wir. Es wird also bleiben, wie wir es beschlossen haben.«

Mit so viel Energie sprach der junge Oberrichter diese Worte aus, daß sie selbst dem eisernen Charakter Poroßnokis imponierten, nur Christoph Agoston hätte gern ein wenig gestritten. »Der Trotz ist nicht immer vernünftig, Herr Oberrichter. Das Übel ist da! Dagegen muß man etwas thun, ehe es uns über den Kopf wächst.«

»Wir thun ja. Sie werden sich nach einer halben Stunde aufs Pferd setzen.«

»Ich?«

»Sie reisen als geheimer Gesandter in einer wichtigen Angelegenheit.«

»Wohin?«

»Setzen Sie sich, wohledle Herren, aber legen Sie ein Schloß an Ihren Mund, denn wer verrät, was ich sage, dem mache ich einen Strafprozeß.«

»Er spricht wie ein Diktator,« murrte der kränkliche Zaládi.

Unterdessen waren die Senatoren herein gekommen, blaß, mit aufgedunsenen Gesichtern, einigen sah der Schreck aus den Augen. »Hört! Hört!«

»Herr Agoston, Sie werden den Kurutzentrupp aufsuchen, namentlich Stefan Csuda.«

»Diesen Dieb! Nun, dem werde ich es geben, er soll mir nur vor die Augen treten.«

»Sie werden ihm nichts thun, sondern vielmehr mit ihm höflich unterhandeln, um wie viel er geneigt wäre, noch einmal den Quardian und Pater Litkei zu rauben – aber sofort. Diese beiden Menschen haben wir einige Zeit nicht nötig.«

Das ernste Gesicht der Stadtväter erheiterte sich zu einem Lächeln, kein einziger war mehr blaß. Herr Poroßnoki schlug sich lustig mit der Hand vor die Stirn. »Nun, das wäre mir auch nicht eingefallen. Eure Gnaden sind ein geborener Diplomat.«

»Die Notwendigkeit ist ein guter Lehrer, oft ein besserer als die Erfahrung. Über die Pfaffen haben wir keine Macht, wir können sie weder gefangen nehmen, noch ihnen die Kanzel verbieten. Es giebt nur ein Mittel: Stefan Csuda.«

»Wie viel kann ich versprechen?« fragte gut gelaunt der hinausgehende Agoston.

»Sie können es billig abmachen, denn er hat jetzt nichts mehr zu thun, überdies schlägt es in sein Fach. Versprechen Sie ihm die Hälfte von dem, was er begehrt.«

Nach einer halben Stunde wirbelte bereits die Stute Agostons den Staub aus der Czegléder Straße auf und am Abend des dritten Tages führten die Csudas die frommen Mönche gebunden auf demselben Wege fort ... So erfolgreich war die geheime Sendung des Herrn Christoph Agoston, welche er bis zu seinem Todestage stets mit großer Vorliebe erzählte, immer prächtiger, romantischer und in seinem Greisenalter mit den prahlerischen Worten anfing: »Hei! Als ich noch plenipotenter Gesandter war am Hofe Sr. Majestät des Herrn Thököly!«

Viertes Kapitel.

Die Pfaffen wurden weggeführt, die Kecskeméter Volksrevolution schlief ein und der denkwürdige Tag rückte heran, an welchem man nach Ofen zog mit den Geschenken – zum türkischen Kaiser. Die Kleider waren fertig und an den letzten drei Tagen wurden sie auf dem Stadthause zur allgemeinen Besichtigung ausgestellt. Nun, das gab eine Prozession. Der Heiduck Pintyö behütete den großen Tisch, auf welchem die Schätze verlockend ausgebreitet waren. Der alte Gyurka stand dort wie ein Cherub, statt des Flammenschwertes hielt er den Haselnußstab in der Hand. So schön war all der Flitter, daß er selbst darüber betroffen zu sein schien. Solche Fetzen sind den Frauengesichtern eine große Nachhilfe. Die hübscheren Frauenzimmer ermutigte er zuweilen, auch das gehörte zu seinem Amte. »Probieren Sie es nur, mein Täubchen, dort im anderen Zimmer.« Und wer hätte widerstanden? Gab es ein Herz, welches nicht lauter gepocht hätte, einen Blick, der nicht gefangen genommen worden wäre? Alle Pracht von »Tausend und eine Nacht« ist nichts dagegen. Wie viele Mägdelein trippelten furchtsam wie Rehe um all diese Herrlichkeiten und ließen die Blicke sanft über dieselben schweifen, allein alsbald öffneten sich die Augen weit und begannen zu leuchten wie zwei flammende Lichter, die Glieder begannen leise zu beben, die Schläfen brannten und pulsierten rasch, und zu solcher Zeit begann dann der Heiducke zu sprechen: »Probier's doch, mein Täubchen!« Und sie probierten es und wären sie daran gestorben! Allein wehe, wer den Glanz einmal angelegt. Herrliche Bänder wurden ihnen in die Haare geflochten, der Leib wurde schlank geschnürt, man legte ihnen wunderbar gestickte Hemden, Kleider aus himmelblauer Seide an, in welche silberne Halbmonde gestickt waren, und dann die karmoisinroten Stiefelchen und den blendenden Schmuck: »Na, mein Seelchen, jetzt besieh dich doch einmal!« Man stellte einen Spiegel vor sie hin und die Mädchen begannen zu jubeln vor Freude: sie sahen ein Feenmärchen. Und wenn sie sich also bewunderten, vor Sehnsucht brennend, mit wogendem Busen und mit dem süßen Hunger der Eitelkeit, da trat wieder der Cherub vor: »Na, jetzt war's aber genug, entkleide dich – oder wenn es dir beliebt, so geh' für alle Zeit in solchen Kleidern einher.«

Welche hätte wohl die Kraft, zu sagen: »Ich lache Euch aus« und das bezaubernde Mieder zu öffnen, die wundervollen Kleidchen vom Leib zu schälen, die reizenden Karmoisinstiefelchen abzulegen, den funkelnden Schmuck abzulösen und wieder hineinzukriechen in die alten Kittel. Alle wollten den Versuch machen – keine einzige aber legte die Herrlichkeit gern ab. Selbst ältere Frauenspersonen bekamen bald das Fieber, sie hätten sich gern in diesen Kleidern gesehen – und es waren ihrer, bei Gott, solche, die man in Szegedin als Hexen verbrannt hätte. Schließlich mußte gar ein Verbot erlassen werden. Nur die Schönen, Waisen und Armen durften die Kleider probieren. Gevatter Pintyö hatte es so weit gebracht: er bestimmte, wer schön sei. Paris hatte nur einen Apfel, er hatte einen ganzen Korb voll. Man bewarb sich aber auch um seine Protektion mit bezauberndem Lächeln, mit Schinken und Kuchen, auch ein Krug voll Wein stellte sich von da und dort ein. Denn es war ja das kein kleines Amt. Dies stellte sich sozusagen erst später heraus, als es nach zehn, zwanzig Jahren den Frauen ein gewisses Ansehen gab, wenn sie sagen konnten: »Oho, mich hat kein Storch ausgebrütet, auf meinem Leib prangten auch einst die Kleider der Lestyák.« Es wurde beinahe ein Sprichwort daraus. Wie erst damals, als die Sache noch warm war, konnte es da gleichgültig sein, wer die Kleider tragen durfte und wer nicht, wer amtlicherseits schön gefunden wurde und wer unbrauchbar war? Gar viele bittere, brennende Thränen wurden da geweint. Ich will den Alten nicht des Mißbrauchs der Amtsgewalt anklagen, auch dessen nicht, daß er sich bestechen ließ (es fiele auch ein wenig schwer, dies heute, nach zweihundert Jahren beweisen zu wollen) aber Thatsache ist einmal, daß er gar viele Taktlosigkeiten beging. Da war zum Beispiel die Geschichte mit dem Zigeunermädchen.

Es kam nämlich die Kleine, in Lumpen gehüllt, barfuß, zerzaust, ließ die großen Augen über die Schätze hinfliegen und der Mund blieb ihr offen stehen. Wie glänzende Perlen aus dem Orient funkelten die weißen Zähne im roten Mündchen. (Der alte Esel nahm es gar nicht wahr.) Sie war noch ein Kind, schlank zwar, aber kräftig gebaut. Lange strich sie um die Schätze herum, zauderte, bis sie den Heiducken endlich anredete: »Und ich – darf ich wohl?«

Gyuri Bácsi blieb erst wie Eis, dann sagte er verächtlich: »Wozu ein Hufeisen an einer Kröte Fuß? Geh' zum Teufel?«

Als wäre jedes Wort eine Wolke gewesen, die sich auf das Antlitz des Mädchens herabließ, so traurig wurde das Kind. Selbst dieses wild aufgewachsene Eichhörnchen wurde von dem Tand gebannt. Es wandte sich ab und wischte mit dem Arm die hervorquellenden Thränen aus den Augen.

Zum Glück – oder vielleicht zum Unglück – war der Oberrichter eben im Zimmer und betrachtete ihren Kummer. Er berührte mit der Hand ihre Schulter. Erschreckt fuhr sie in die Höhe. »Wähle unter diesen Kleidern und kleide dich an.«

Zagend schaute sie zu ihm auf. »Der erlaubt es nicht!« (Sie zeigte mit einer Gebärde auf Pintyö.)

»Aber wenn ich es gestatte, ich, der Oberrichter der Stadt.«

Sie lächelte unter Thränen, indem sie ihn anschaute. »Du befiehlst hier? Wahrhaftig?«

»Pintyö,« sprach der Oberrichter lächelnd, »tragen Sie der Kleinen das schönste Kleid hinein. Sehen wir zu, was man aus ihr machen kann.«

Sie konnten es schon nach einer Viertelstunde sehen. Als sie aus dem Ankleidezimmer trat, gewaschen und angekleidet, da hörte man ein Murmeln der Bewunderung. Ist's ein Traumgebilde oder ein lebendes Wesen? Sie war wie eine Königstochter von blendender Schönheit. Das kirschrote seidene Leibchen ließ entzückende Formen vermuten, der Rock schlängelte sich anmutig bis zu den Knöcheln. Ihre Lippen wetteiferten an Röte mit dem Rubin und ihr tiefschwarzer Zopf lief so weit hinunter, als er nur etwas von ihrem Körper, sich daran zu schmiegen, fand.

»Wessen Tochter bist du?« fragte der Oberrichter entzückt.

»Des alten Bürü Tochter, der beim ›Schmucken Husaren‹ zu musizieren pflegt.« (Der ›Schmucke Husar‹ war eine berüchtigte Csárda unter den Tanyen des Theißufers.)

»Wie heißt du?«

»Czinna.«

»Kommst du mit uns nach Ofen?«

Sie zuckte gleichgiltig mit der Schulter.

»Kommst du, so gehört das Kleid dir.«

»Ich gehe.«

So fand man die erste Blüte des Blumenstraußes. Auch die übrigen fanden sich. Man mußte nur von den vielen die passendsten drei auswählen. Die flachshaarige Marie Bari mit ihren veilchenblauen Augen, ihrer reizenden Taille; die stattliche, hohe Magdolna und die runde, üppige Agnes Pál mit ihrem roten Gesicht, eine knospende Malve. Nie küßte Schönere der Sultan, nie besang Herrlichere Firdusi.

Nun konnten sie sich schon auf den Weg machen. Sonntags kam die Rinderheerde, hundert prächtige Ochsen, alle mit hübschen Glocken, bändergeschmückten Hörnern, es kamen die Pferde, fünfzig schlanke Fohlen, jedes mit einem silbernen Glöcklein. Auf die beiden Wagen setzten sich zu zweien die Mädchen, das heißt, zwei unter ihnen waren Frauen, die »falschesten« zwei Frauen, denn sie gaben sich nur als solche. In ihren blauen, mit silbernen Spangen versehenen Mänteln bestiegen hierauf auch die Herren Senatoren die Wagen. Im ersten Wagen saß der Oberrichter mit Franz Kriston, auf dem Rücksitz Josef Inockai. Einer bringt die Hengste, der andere die Rinder. Herr Agoston, der auf dem anderen Wagen saß, avancierte vom Deputierten zum Blumengärtner – so ist nun einmal die Politik. Gabriel Poroßnoki trug die Waffen in prächtigem Seidenfutteral. Der Sechste vom Stadthause, der kleine verwachsene Georg Imecs sah zwar nicht gut aus, aber er sprach gut türkisch und tatarisch, so nahmen sie ihn mit zum »Schmieren«. Das Eljengeschrei der Versammelten ertönt, die zu Hause gebliebenen Frauen reißen die Tücher vom Kopfe, um mit denselben zu winken, die Kutscher treiben ihre Pferde an, die Czikose schwingen ihre Peitschen und nun setzt sich der glänzende Zug unter Musikbegleitung in Bewegung, denn die Glocken der hundert Ochsen ertönen und die fünfzig Silberglocken läuten. Der Weg ist eintönig, wir beschreiben ihn nicht, im Alföld ist alles gleichförmig. Die Ortschaften, die Städte, die Dörfer, die Ebene mit ihrer Fata Morgana, der nur das Sinken des Himmelsgewölbes ein Ende macht, der graue Boden, aus dem die matte Herbstsonne buntfarbige Blumen zaubert, ist überall derselbe. Eine Gemarkung gleicht so der anderen, wie eine Elle Tuch der anderen, wenn sie von einem Stücke sind. Hie und da erblickt man eine einsame Tanya, ein weißes Häuschen, einen Brunnen. Am Ende der Ortschaften erscheinen die Windmühlen mit ihren ausgebreiteten Flügeln. Es ist wahrlich köstlich, wie einförmig auch die großen Städte Alfölds waren. Jede hatte ein Ding, womit sie sich brüstete. Debreczin mit seinem Kollegium, Szegedin mit seiner Mathiaskirche, Kecskemét mit dem Nikolausturm, auf dem im besten Einvernehmen der kalvinische Hahn, der lutheranische Stern und das katholische Kreuz zu sehen waren; jede Stadt hatte auch ein berühmt gewordenes Nahrungsmittel aufzuweisen, Debreczin die Wurst, Kecskemét den Apfel, Szegedin den Paprika. Sie entwickelten sich auch geistig gleichförmig, eine jede zeigte, was sie *in puncto* des Geistes kann. Debreczin hatte seinen Csokonai, Szegedin seinen Dugonits, Kecskemét seinen Katona.

Unsere Helden aber reisten munter fort, bis sie sich endlich im großen Ameisenhaufen Ofen befanden, wo sie sofort zu ihrer Aufgabe sich stellten, jeder, wie sie ihm zugeteilt war. Die erste Rolle fiel dem »Schmiermenschen« zu, der sich von der »schmierenden« Frau nur darin unterscheidet, daß er den Leuten die Schmerzen nicht mit Fett, sondern mit Gold austreibt. Er lief von Pontius zu Pilatus, um dort zu argumentieren, daß die Audienz bewilligt werde. Der Padischah genehmigte, daß am Mittwoch die Stadt Kecskemét vor sein glanzvolles Angesicht trete.

Fünftes Kapitel.

In großer Gala erschienen unsere Freunde, den Säbel an der Seite. Herr Michael Lestyák zeigte sich als ein fescher, hübscher Jüngling. Er hielt die Ansprache, er beschrieb die traurigen Zustände in Kecskemét so treu, so schön, daß die vier hinter ihm stehenden Senatoren in Thränen ausbrachen. (Herr Imecs wurde bereits gestern nach Hause gesendet.) Die Rede gipfelte nach vielen Stilblüten darin, daß die Kecskeméter dem Allgewaltigen mit dem Ersuchen zu Füßen fallen, dieser möge ihnen einen ständig in Kecskemét wohnenden Pascha bewilligen oder einen anderen Würdenträger, wenn er auch nur so groß wäre, wie ein kleiner Finger, der sie fortab vor den Plünderern bewahre. Blos das Faktum, daß ein Mann des erhabenen Sultans in Kecskemét ist, rettet den Frieden und die Existenz der Stadt. Nach einer rhetorischen Wendung malte er es sodann schwungvoll aus, welch herrliches Leben der Pascha dort führen würde; sie werden ihm ein Steinhaus bauen, werden ihn schätzen und achten, werden ihn bedienen, aus ihrer Hand werde er den süßen Honig essen können und so weiter.

Nun übersetzte der Dolmetsch des Ofner Pascha Nazur Bey die Rede dem Sultan, der dieselbe mit apathischem Gesichte und sehr gelangweilt zu Ende hörte. Im übrigen war dieser ein ganz sympathischer Herr; etwa vierzig Jahre alt. Hie und da nickte er dazu mit dem Kopfe.

Ibrahim Pascha, der Ofner General, stand neben dem Sultan mit verschränkten Armen und lauerte mit blutunterlaufenen Augen, wie wenn er sagen würde: »Die Rede haben wir nun gehört, nun lasset uns die Argumente sehen.« Diese folgten sofort.

Gabriel Poroßnoki trat hervor, öffnete das apfelgrüne seidene Futteral, das er vor sich hinhielt, er entnahm demselben die prächtig gearbeitete goldene Peitsche und den Fokos, dann legte er sie auf den Schemel zu Füßen des Sultans. »Wir legen zu deinen Füßen, erhabener Herr, die Waffen Kecskeméts.«

Der Sultan bückte sich, hob die Peitsche auf und betrachtete dieselbe eine Zeitlang. Dann wechselte er mit Ibrahim einige leise Worte.

Unterdessen hatte der Herr Senator Inokai gerade seine Kehle gewetzt und leierte dann mit ehrerbietigem Krächzen folgendermaßen: »Deinen heldenhaften Soldaten haben wir einen kleinen Braten gebracht, größter der Sultane, sei so gnädig und betrachte denselben durch das Fenster.«

Bey Nazur verdolmetschte auch dies mechanisch, worauf sich der Sultan unwillig vom Sopha erhob, um zum Fenster zu treten, von wo aus die prächtigen Rinder und Fohlen zu sehen waren, zu denen Herr Franz Kriston den Prolog gestammelt. All' dies interessierte den mächtigen Herrn des Orients nicht besonders, müde ließ er sich wieder auf das Sopha fallen. ... Jetzt öffnete sich die Thür des Saales und ein kühlender Windhauch schlich sich ein. Vielleicht hatte dies das Knistern der vier Weiberröcke verursacht. Die Kecskeméter Mädchen traten ein, frisch und lieblich.

Der Sultan sprang erregt empor. Christophus Agoston stellte sich in die Mitte des Zimmers, einem Schuljungen gleich und mit Gesten, als ob er einen Strauß in den Händen hielte, den er dem Papa überreicht, deklamierte er verschämt: »Wir brachten auch ein klein wenig Blumen, gnädigster Herr.«

Der Sultan verstand gewiß nicht die ungarischen Worte, jedoch er geruhte jetzt auch ohne jedes weitere Hinzuthun zu lächeln. Dann rief er fröhlich dem Ofner Pascha zu: »Einen Schleier über sie, schnell, Ibrahim,« (dies wollte in orientalischer Sprache so viel heißen: »Befleckt sie nicht einen Augenblick länger mit Euren wollüstigen Blicken.«)

Während der Pascha hinausstürzte, um Verfügungen zu treffen, teilte der Sultan in langen gedehnten Worten etwas dem Dolmetsch mit.

»Se. Majestät der Sultan, dessen Schatten Allah beschirme, sagt Euch, Ihr Ungläubigen, daß er Eure Wünsche berücksichtigen wird. Verhaltet Euch bis dahin ruhig und wartet draußen.« Der Dolmetsch winkte und damit war die Deputation entlassen.

Als aber Herr Agoston die gute Laune des Sultans sah, glaubte er die Zeit gekommen, irgend eine ewig denkwürdige That zu vollführen; er zog daher die hinausgehenden Vorsteher bei ihren Mantelflügeln zurück und sprach zu dem Dolmetsch: »Mächtiger Dolmetsch, rechte Hand deines Herrn, vermittle noch eine Bitte!«

Der Großvezier, die anwesenden Paschas und Ulemas betrachteten den Tollkühnen betroffen, und nicht weniger überrascht waren die Kecskeméter Herren, aber der Sultan, an die Blumen Kecskeméts denkend, lächelte noch immer, und wenn der Sultan lächelt, scheint die Sonne, die Gräser wachsen, die Steine spielen Harfe und alles ist in Ordnung.

»Nun, was wollt Ihr noch?« rief der Stellvertreter Ibrahim Paschas, Hassan, aus. »Sagt es schnell, denn es warten noch viele Deputationen draußen.«

»Gerade das ist es,« fuhr Christoph Agoston ermutigt fort, »wir sahen draußen die Nagy-Köröser Deputation und wir bitten Se. Majestät ganz ergebenst, daß er ihr nichts gewähre, was sie auch verlangen möge.«

Der Vertreter des Sultans lachte und interpretierte selbst dem Beherrscher der Gläubigen diese zweite Bitte.

Auch der Beherrscher der Gläubigen lachte über den sonderbaren Wunsch (so etwas kam ihm in der Praxis noch nicht vor) und frug lebhaft, was der Grund davon sei.

Lestyák gab die Antwort: »Nagy-Körös und Kecskemét sind so mit einander wie Mekka und Medina, wie Hund und Katze.«

Der Sultan geriet in eine prächtige Laune, der Dolmetsch interpretierte gleichfalls mit freudestrahlendem Gesicht die Antwort des Herrschers: »Freut Euch! Der gnädige Padischah wird Eure erste Bitte genau überlegen, die zweite vollführen.«

Damit gingen die Kecskeméter in den Hof hinaus, den auf den Einlaß wartenden Köröser Nachbarn »guten Morgen« wünschend.

Nach einigen Minuten schlich sich der Vertraute des Sultans zu ihnen und vertröstete die Senatoren, ihnen auf die Schulter klopfend: »Ihr seid glückliche Spitzbuben! Ihr habt den Sultan ganz gewonnen und ihn erheitert. Kein Zweifel, alles wird geschehen.« Er rieb sich zufrieden die Hände. Es waren ihm nachträglich hundert Dukaten versprochen worden, wenn in Kecskemét eine türkische Behörde installiert wird.

Unter großen Hoffnungen schritten sie draußen auf und ab, die Rede des Oberrichters lobend und das Auftreten Agostons. Herr Agoston selbst war ganz entzückt. »Nicht wahr, daß ich etwas wert bin? Da giebt es doch Verstand, Gevatter?«

Nach ungefähr anderthalb Stunden kam der türkische Vertrauensmann wieder zurück. Zornig schlenkerte er mit der Hand, sein Gesicht war rot vor Grimm wie Paprika. »Nun, Schweine,« schrie er von weitem, »Ihr habt Euer Glück mit Füßen getreten!«

Die wackeren Herren sahen ihn versteinert an. »Was ist geschehen, um Gotteswillen?«

»Das ist geschehen, Ihr Esel, daß die Nagy-Köröser Deputation, die Entfernung der Ofner und Szolnoker Paschas beklagend, als Sitz einer zu errichtenden türkischen Obrigkeit Kecskemét wünschte.«

»Wir aber« ... stotterte Josef Inokai.

»Ihr aber ließet den Sultan versprechen, daß er den Wunsch der Nagy-Köröser, welcher es auch sei, nicht erfüllen werde. Erstarret!«

Damit drehte er ihnen den Rücken, nachdem er zuvor einige Male türkisch vor sie hinspie.

Man hätte die Betroffenheit sehen sollen. Lestyák nagte den Schnurrbart, der ehrliche Poroßnoki schimpfte, Kriston bekam Nasenbluten vor Schreck, der alte Inokai begann zu schluchzen, während Herr Agoston direkt zu den Wagen ging, welche an der Donau standen, sich in den einen hineinlegte und mit der Bunda zudeckte, weil ihn ein solches Fieber schüttelte, daß es, gleichmäßig verteilt, für hundert Schnupfen ausgereicht hätte.

»Jetzt könnten wir nach Hause gehen,« unterbrach Kriston die traurige Ruhe.

»Wir warten den Beschluß des Sultans ab,« meinte der Oberrichter.

Es mag Vesperzeit gewesen sein, als der Kaimakam des Sultans in Begleitung des Dolmetsch sie abholen kam. Er geleitete sie in einen Saal und übergab ihnen einen Kaftan, indem er durch den Mund des Dolmetsch sagte: »Das schickt Euch Se. Majestät der Padischah. Ihr werdet gewiß einen guten Gebrauch davon machen!«

Die Senatoren blickten traurig auf das dunkelgrüne Sammetkleidungsstück, welches mit goldenen Schnüren und Bändern geschmückt war und erstaunt schienen die Kecskeméter einander zu fragen: »Also nur so viel?«

Herr Poroßnoki gab seiner Unzufriedenheit auch in Worten Ausdruck: »Mehr ließ Se. Majestät nicht sagen?«

»Mehr nicht,« erwiderte der Kaimakam mit großem Phlegma. »Der Sultan war Euch gut gesinnt, aber er mußte sein Wort einlösen. Ihr selbst habt es doch gewünscht.«

»Könnte man nicht noch einmal zu ihm gelangen?«

»Das geht nicht.«

»Donnerwetter! Wir sind schön daran! Es wird zu Hause eine Freude geben.«

»Wenn dem so ist,« sagte der Oberrichter kalt, »dann fassen Sie diesen Kaftan an, Herr Kriston.«

Franz Kriston ergriff sehr zornig und unehrerbietig den mit einer Bärenhaut wattierten Mantel, so daß das eine Ende desselben die Erde kehrte, und schleppte ihn mit großem Lärm dem Oberrichter nach. Als er zu den Wagen gelangte, warf er ihn in eine Ecke wie einen Fetzen.

Herr Agoston war bereits verschwunden; der eine Kutscher konnte über ihn nur so viel Aufklärung geben, daß er sich im Wagen nach Waitzen führen ließ, wo er eine verheiratete Tochter hatte, er sprach wenig, denn seine Zähne klapperten sehr, aber so viel sagte er doch, daß er Kecskemét nie wieder sehen werde. Als man die Pferde gefüttert und getränkt hatte und die Unserigen sich auf den Heimweg begaben, dunkelte es bereits, der Rauch der Schornsteine vermischte sich mit dem Nebel, die Frösche quakten häßlich in den Pester Sümpfen (auf dem jetzigen Kettenbrückenplatze), die Priester schrien unausstehlich von den Ofner Minarets, während aus der Pester alten Burg die Eulen geisterhaft hervorhuschten. Nur weit, in irgend einem Dörfchen erklang eine weinerliche christliche Glocke. Der Nebel war rötlich-weiß, wie frisch gemolkene Milch, halb durchsichtig, so daß man spöttisch lachende kämpfende Drachen, gepanzerte Wundertiere, Gespenster in Laken hervorscheinen sah. Am Himmelsgewölbe breitete sich eine einzige dunkelblaue Wolke schwerfällig aus.

Als sie die Pester Häuser verlassen hatten und mit schwerer Not aus dem Sumpfe jenseits des Hatvaner Thores herauskamen, wo der Wagen Kristons beinahe in einer Linnenbleiche stecken geblieben wäre, rückte die Wolke mit einem Male fort und verschlang plötzlich den Mond, wie wenn ein großer Silberthaler in einem blauen Strumpf versinkt. Es ward etwas finsterer; eine feierliche, melancholische Stille kam über die schlafende Natur. Nur die Wagen knisterten in ihren Achsen und hie und da wurde ein Hahnenruf in den Pester Tanyen laut. Die Pferde zogen ungern weiter, die Kutscher fluchten und die Senatoren saßen in tiefe Gedanken versunken wortlos neben einander, nur zuweilen einige Worte austauschend. Und doch hätten sie auch ihre Gedanken austauschen können, denn diese waren die gleichen. Wenn der eine sagte: »Wie sollen wir zu Hause das große Nichts übergeben?« antwortete der andere, nachdem er in die Nacht hinein gestarrt hatte: »Ich wäre jetzt lieber ein Schäferhund, als ein Kecskeméter Senator.« Der dritte hob sein gebeugtes Haupt und setzte seufzend hinzu: »Für hundert Ochsen und fünfzig Pferde einen grünen Mantel – das ist ein guter Markt.« Damit wurden sie wieder schweigsam und starrten neuerdings in den weißen Nebel, aus welchem sich jene bizarren Gestalten abhoben. Mit einem Male trat aus einer dieser Nebelsäulen ein Gespenst hervor. Augenscheinlicher, wahrer als die anderen, es stellte sich den Pferden entgegen ... und sein Schatten bewegte sich auf der Straße. Die Pferde der Voranziehenden stutzten. Der Kutscher blickte auf. Ein weiche weibliche Stimme erklang: »Bleiben Sie stehen!«

Der katholische Inokai machte das Zeichen des Kreuzes: »Alle guten Geister loben den Herrn!«

»Wer bist du?« fragte Kriston.

»Ich bin die Czinna, das Zigeunermädchen. Nehmt mich schnell in den Wagen.«

Anfangs erschrak nur Inokai, aber jetzt waren Kriston und Poroßnoki zu Tode erschrocken. Sogar der auf dem anderen Wagen befindliche Oberrichter verschmähte es nicht herabzuspringen. »Wie kommst du hierher, du Krähe?«

»Ich bin davon gelaufen!« antwortete Czinna kurz.

»Gerade das ist's, warum bist du geflohen?«

»Weil ich mich langweilte.«

»Du Hundeleber!« schrie Kriston und kratzte sich den Kopf. »Weißt du, daß man uns alle deineswegen hängt? Wirst du dich gleich zurückpacken! Was sollen wir thun? Was sollen wir thun?«

»Man muß sie zurückgeleiten,« meinte auch Poroßnoki.

Die glänzende Fläche des Mondes trat jetzt hervor und beleuchtete das schöne Mädchen. Ihr prächtiges Gewand war ganz beschmutzt, ihre Stiefel waren kothig, der Rock im Sumpfe durchnäßt, durch welchen sie watete.

»Ich will nicht zurückgehen,« murrte sie trotzig und ihre weißen Zähne leuchteten, denn sie klapperten ein wenig. Fröstelnd knöpfte sie ihren Überwurf zu.

»Du mußt zurückgehen,« sagte der Oberrichter, »wir spielen mit unseren Köpfen.«

Das Mädchen zuckte zusammen, richtete ihre schönen, großen Augen auf den Oberrichter, aber mit einem so wunderbaren Blicke, daß der Oberrichter ausrief: »Komm' also, setze dich zu mir in den Wagen. Ich werde dich nach Hause führen.«

»Herr Oberrichter! Herr Oberrichter!« warnte Poroßnoki melancholisch. »Was thun Sie?«

»Auf meine Verantwortung!«

»*Juventus ventus*,« murrte Inokai.

Die Augen Czinnas blitzten wieder, es lag darin die Wärme der Hundetreue. Dann sprang sie zum Oberrichter mit einem leichten Schwunge wie eine Wildkatze.

Die Wagen setzten sich wieder in Bewegung.

»Du frierst,« sagte Lestyák, ihrem Atemzuge lauschend. Dann zog er den kaiserlichen Mantel hervor und breitete ihn über ihre Knie. Er betastete mit seiner Handfläche ihre Stirn, sie war ein wenig heiß, aber wie glatt, wie süß anzufühlen! Das Blut des Oberrichters begann zu sieden.

»Ach, es giebt nur einen glücklichen Menschen,« seufzte unterdessen auf dem ersten Wagen Inokai, »Herrn Christoph Agoston, der seinen Kopf an einen sicheren Ort gelegt hat, nach Waitzen.«

»Ach, es giebt nur einen glücklichen Menschen,« seufzte im letzten Wagen der junge Ochsenhirt vor dem alten Roßhirt: »Unseren Oberrichter, Herrn Lestyák, denn dieser kostet die roten Lippen des Zigeunermädchens und mißt mit dem Arm ihren schönen schlanken Leib.«

»Sag' mir Czinna,« fragte der Oberrichter, »wie bist du entflohen?«

»Ich bestimmte den alten Türken, welcher an der Thüre wachte, einzuschlafen und er schlief ein.«

»Wie konntest du mit ihm türkisch sprechen?«

»Ich nahm mein Halsband vom Halse und gab es ihm.«

»Und die anderen?«

»Auch diese habe ich angeeifert, aber sie wollten nicht kommen. Hier zu Hause hätten sie sich im Tagelohn verdingen müssen, dort gab es ein prächtiges Mittagmahl, Braten, dreierlei geschmackvolle Fruchtgattungen. Auch Mamaligagab es vielleicht dort. Das Nachtmahl wartete ich nicht mehr ab.«

»Aber du gingst doch gut gelaunt mit uns.«

»Ich freute mich über die Kleider.«

»Und du hast sie schon satt?«

»Ich verabscheue sie und sehne mich nach meinen Lumpen.«

»Ei, ei,« sagte der Oberrichter traurig, »du kannst noch viel Leid über Kecskemét bringen! Man wird dich suchen, Czinna!«

Sie schmiegte sich furchtsam an den Oberrichter und ihr ganzer Körper zitterte wie Espenlaub.

»Fürchte nichts, ich werde dich nicht verlassen, wenn ich es einmal aussprach. Was ich sage, das ist gesagt.«

Das Mädchen beugte sich über die Hand Lestyáks, küßte sie und weinte.

Nervös, fast rauh erfaßte der junge Mann ihren Kopf, um ihn von seiner Hand wegzuziehen und brummte ärgerlich: »Ich bin kein Bischof.« Als er den Kopf des Mädchens aber erhob, floß mit einem Male die Welt vor ihm zusammen, sie drehte sich im Kreise, die Sterne sprangen vor seinen Augen umher, der Wagen schien umzufallen und er drückte ganz selbstvergessen das schöne Haupt an seine Brust. Plötzlich gereute es ihn ... und er ließ es wieder los.

»Nun, nun ... was zum Teufel machst du, Czinna? Mach' keine Dummheiten und küsse mir die Hand nicht, denn sonst werde ich deinen Zopf an den Wagen binden, damit du deinen Kopf nicht bewegen kannst. Wie du den Menschen in Verwirrung bringst!«

Er erfaßte scherzend ihr dichtes, weiches Haargeflecht.

»Nun, soll ich es an den Wagen binden?«

»Wie Euer Gnaden wollen,« sagte das Mädchen sanft, ruhig.

»Ich binde es nicht an, fürchte nichts. Ich denke an etwas anderes.«

Lange Zeit schwiegen sie. Lestyák rieb sich oft mit der Hand die Stirne.

»Ich denke daran«, sagte er endlich flüsternd, »daß man deinen Zopf bis zum Grund abschneiden müsse.«

Czinna richtete ihre Augen verwundert auf ihn, diese glänzten selbst im Finstern.

»Neige dich näher zu mir, Czinna, damit der Kutscher nicht hört, was ich sage. Schmiege dein Ohr an mein Gesicht an. Noch näher. Fürchte nichts, ich werde Dich nicht küssen.«

»Was liegt mir daran, küssen Sie mich.«

»Dein Haar muß abgeschnitten werden.«

»Was liegt mir daran, schneiden Sie's ab.«

»Dann mußt du vom Wagen steigen ...«

Das Mädchen machte eine unruhige Bewegung.

»Denn man wird dich suchen und ich habe nicht genug Macht, um dich zu schützen. Wer weiß übrigens, was mit mir geschieht. Ein schlimmes Schicksal steht mir bevor. Du mußt also absteigen, das ist gewiß.«

»Aber warum?«

»Weil der Sultan oder der Ofner Pascha mächtiger ist, als der Kecskeméter Richter. Wenn ich mächtiger wäre als sie, dann würdest du jetzt bei mir bleiben und kein Haar würde dir gekrümmt werden.«

»Ich verstehe Sie nicht.«

»Du wirst mich bald verstehen. In dieser Kiste befindet sich ein Männeranzug, ich habe ihn jetzt für mich in Ofen gekauft. Wenn du vom Wagen springst, wirst du dich irgendwo als Bursch verkleiden; ich lege dir auch ein paar Dukaten in die Tasche. Du wirst ein hübscher Junge sein, was glaubst du? Der Teufel selbst wird die einstige Czinna nicht erkennen.«

Czinna seufzte und fing an zu weinen.

»Schön langsam, nach Verlauf von Tagen wirst du nach Kecskemét zurückkehren, womöglich auf anderen Wegen und bei meinem Vater als wandernder Schneidergeselle, der Arbeit sucht, einkehren.«

Czinna wischte sich die Thränen ab und lachte laut auf.

»Es wird gut sein, es wird wirklich gut sein! Wenigstens kann ich Sie täglich sehen.«

»Wiehere nicht wie das kleine Füllen ... Das ist ein ernster Zustand. Wenn der Alte sich weigern sollte dich anzunehmen, so wirst du ihm diesen Ring zeigen, zum Zeichen dessen, daß ich es wünsche.«

»Aber Sie werden ja zu Hause sein und können es auch mündlich sagen.«

»Was weiß ich, wo ich sein werde,« antwortete er mürrisch und zog einen Opalring vom Finger, ihn Czinna übergebend.

Nach kurzer Pause fügte er hinzu: »Wenn er dich aber ohne Ring aufnimmt, so zeige denselben nicht; mein Vater soll nicht ahnen, niemand darf es wissen, wen die Männerkleidung bedeckt. Ich wünsche es so.«

»Dann wird es auch so sein,« sagte Czinna.

»Und jetzt gehen wir an die Arbeit. Du mußt abspringen, so lange es noch dunkel ist.«

In der Lade befand sich eine große Scheere, mit welcher man die Mähnen der Füllen zu ordnen pflegte. Als sie der Oberrichter hervorzog, zitterte seine Hand, wie erst, als er die prächtigen Zöpfe erfaßte, um dieselben zu vernichten.

»Ich habe keinen Mut.« Und matt ließ er die Scheere fallen.

»Was bedauern Sie dabei?« zürnte das Mädchen, die Scheere erfassend. Das scharfe Eisen knisterte und der Haarwald war abgeschnitten. Das Mädchen lächelte mit kronenlosem Kopfe. Dann flocht es aus den Zöpfen die schweren Brokatbänder los, während Michael die Männerkleidung aus der Kiste nahm.

»Wenn du dich umgekleidet hast, merke gut auf, wirst du an das Ufer der Theiß gehen, wo du sie am nächsten erreichst und wirst dein abgelegtes Kleid neben einen Weidenbusch legen, wie es die einen Selbstmord begehenden Mädchen zu thun pflegen, welche ihre Kleider dort zurücklassen und nur ihren Schmerz mitnehmen ...«

»Alles wird so sein ... alles.«

»Hoho! Wehe! Wehe!« erscholl es in diesem Momente vom Wagen des Kriston.

»Was ist geschehen?« rief der Oberrichter hinüber.

»Wir sind in irgend einen Morast gesunken.« Das war in der That kein Wunder. Damals waren die Komitate noch Jungfrauen bezüglich des Straßenbaues. Die Klage, daß man Kot auf Kot häufe und dies Landstraße nenne, hatte damals noch keine Berechtigung, denn man häufte überhaupt gar nichts. Die Ansicht war vorherrschend, »daß die Wagen die Straße selbst machen.« Wo eine Radspur ist, dort sind schon Menschen passiert und wenn sie schon passierten, »dann können auch wir dort wandeln.«

Mit einem Male endete die Radspur und der Wagen saß bis zur Achse im Moraste drin, welcher beim Mondschein einer grünseidenen Wiese glich. Dieses Alföld, welches Petöfi ein offenes Buch nennt, ist eine tolle Gegend. Bei Tage zeigt es mit seiner Fata Morgana das Land als Wasser, des Nachts das Wasser als Land. (Wann soll der Mensch ihm glauben?)

Der Kutscher fluchte, schlug das Pferd, daß die Stränge beinahe rissen, er wußte aber eigentlich nicht, welche Richtung er wählen sollte, wo ein Ausweg sei. Der andere Wagen versuchte in anderer Richtung sein Glück. Auch dieser geriet in den Morast.

»Wir werden hier zu Grunde gehen! Wer kennt den Weg?«

Alle sprangen von den Wagen und begannen zu beraten.

»So viel ist gewiß, daß wir uns bei den ›Höllenteichen‹ befinden,« sagte Herr Poroßnoki. »Es muß irgendwo ein Durchgang sein. Ich habe oft von den Fuhrleuten gehört, daß man zwischen den Seen zum rechten Wege gelangen könne.«

»Aber wo? Wir werden so lange suchen, bis wir versinken.«

»Man muß den alten Marczi aufwecken, der hat schon oft Ochsen nach Pest getrieben, auch in der Zeit des regnerischen Herbstes. Wie, wenn er den Weg kennt? Du, kleiner Pferdejunge, dort im letzten Wagen, wecke deinen Bruder Márton auf.«

Der schlanke Pali brauchte nicht mehr Worte, er schüttelte den schlafenden Alten aus Leibeskräften.

»Nun, was giebts? Was schüttelst du mich, du Frechling?«

»Mit Respekt zu melden, alter Verwandter, wißt ihr den Weg nach Kecskemét?«

»Ich glaube,« antwortete der kurz angebundene Ochsenhirt.

»Wir befinden uns hier bei den ›Höllenteichen‹. Die ersten zwei Wagen stecken schon im Sumpfe. Blicken Sie um sich, wo wir einen Ausweg finden.«

Marczi sah zum Himmel empor und betrachtete sehr aufmerksam das erhabene Gewölbe mit seinen Milliarden funkelnder Sterne.

»Steigen Sie nicht hinunter, um den Platz zu sehen?«

»Was soll ich daran sehen?« fuhr er mürrisch auf. »Der eine Sumpf ist wie der andere.«

Und wieder maß er aufmerksam das Himmelsgewölbe. Mit einem Male richtete er sich im Wagen auf und rief zum Wagen Kristons hinüber: »Siehst du, mein lieber Sohn, diesseits des großen Bären die zwei kleinen Sterne, der eine ist sehr blaß, hellweiß, der andere feuriger, aber kleiner, sie befinden sich gerade einander gegenüber?«

»Ich sehe, Marczi Bácsi.«

»Nun, lenke den Wagen gegen die Seite der beiden Sterne, mein Lieber. Dort ist der Weg.«

Damit legte er sich wieder mit gutem Gewissen nieder, wie jemand, der alles ins Reine gebracht hat.

Die Herren kletterten gleichfalls aus dem knietiefen Wasser auf die Wagen, allein bis der Oberrichter zu dem seinigen zurückgelangt war, befand sich Czinna nicht mehr dort. Unbemerkt war sie während der eingetretenen Verwirrung verschwunden, nur der große aufgelöste Zopf dunkelte aus dem Innern des Wagens hervor. Max nahm seufzend die herrlichen Haare in die Faust, dann begann er die Fäden in kleinen Büscheln in den Sumpf zu streuen. Die schwarzen Fäden sanken leise nieder, der Wind trug sie, so daß es schien, als flögen sie hinweg; das grünliche Wasser spielte mit ihnen und schlang sie um die Wasserlilien, um das Schilf und die buntkelchigen Erbsenblüten ... Nachdem man endlich in Sicherheit war, da hielt des Oberrichters Hand nur noch einen Faden, den er um seinen Ring wand.

»Hoho!« rief er laut und dröhnend. »Wohin ist mein Mädchen geraten? Auf welchem Wagen ist sie?«

Von überall kam die Antwort: »Hier ist sie nicht! Hier auch nicht.«

»Gott sei Dank!« flüsterten die Senatoren erleichtert auf, »daß sie nun durchgegangen ist, die kleine Kröte!«

Mit den Abenteuern hatte es nun ein Ende. Jetzt gelangte man ohne Zwischenfall von den Tanyen zu Dörfern und von Dörfern zu Tanyen. Nur hier und dort verwischte sich der Weg, allein das that nichts, war doch Marczi da, der ihnen, so oft man ihn weckte, jederzeit den richtigen Pfad wies.

»Fahrt nur geradeaus auf den blinkenden kleinen Stern zu, der dort neben dem kleinen Bären steht ...«

Er war zu Hause unter den glänzenden Planeten des Himmelszeltes. Die Erde ist unergründlich, der Himmel dagegen mit seinem blauen Felde ist allezeit unveränderlich. Von dort herab maß er denn auch den Weg von Pest bis zur edlen Stadt Kecskemét. Er wußte da so genau Bescheid, er sah den Weg so klar, daß auf demselben vor seinen Augen förmlich Staub aufwirbelte .....

Sechstes Kapitel.

Pintyö stellte die geladenen Böller auf dem Marktplatze auf; hier und dort wurden Transparente errichtet: »Willkommen!« »Vivat!« und dergleichen mehr. Der glänzend beredte Paul Fekete büffelte gerade an einer Rede, welche also begann: »Wer kennt nicht den Ruf des weisen und achtungswerten Seneca?« (Selbstverständlich kannte ihn jedermann, denn Herr Paul Fekete lebte von den Aussprüchen dieses achtungswerten und weisen Mannes.)

Die Zigeuner des Bürüs strichen die Fiedelbogen mit Kolophonium, kurz, es wurden große Vorbereitungen getroffen, und man hätte vielleicht sogar die großen Glocken geläutet, wenn Herr Poroßnoki nicht bei Czegléd, von seinem richtigen Verstande geleitet, Pali, den schmucken Csikós, auf ein Roß gesetzt und ihm aufgetragen hätte, daheim zu sagen, daß man keine Komödien inszenieren solle, da zur Lustigkeit keine Ursache vorhanden sei.

Der Herold rief große Verstimmung hervor, brummig und ärgerlich sah man gegen Abend aus den Fenstern und hinter den Zäunen den Einzug der Vorsteher mit an. Kein einziges »Eljen« war zu hören, nur die Hunde bellten hinter den Wagen her. Allein es war ja auch besser so, wozu die Schmach noch mästen, da sie ohnedies groß genug war!..

Noch am selben Abende erhielten die Ofner Ereignisse Flügel, man erfuhr, wie die Köröser Kecskemét, das heißt, wie Kecskemét sich selbst »abgekocht« hatte und wie ihnen der Sultan als Entgegnung auf die vielen kostbaren Geschenke und Schätze einen Kaftan hingeworfen.

Schmach und Schande!

Allein wie konnten sie den Mangel an Schamgefühl haben und den Kaftan auch nach Hause bringen? Am nächsten Tage sammelten sich große Mengen vor dem Stadthause; die angeseheneren Bürger gingen in den Saal hinauf, um hier aus amtlichem Munde das Ergebnis der Reise zu vernehmen. So war es nämlich Sitte nach jeder großen Expedition.

Das gewöhnlichere Volk, Weiber und Bursche spektakulirten draußen, schrieen und suchten in unmöglichen Tönen eine Melodie zu dem Verse, der soeben herrenlos auf den Lippen des Pöbels geboren worden war:

»Kecskemét, magst glücklich sein,
Kaisers Kaftan ist ja dein!«

Einige des Weges kommende Großköröser Fuhrleute steigerten noch die Gereiztheit. Tüchtig in ihre Pferde einhauend, schrieen sie der Menge höhnisch zu:

»Hält der Kaftan auch warm?«

Und fürwahr, er heizte den Senatoren dort oben tüchtig ein. Finster saßen sie in ihren Stühlen. Einige, so Herr Inokai, ganz weichherzig und verzagt, nur auf dem schönen Antlitze des Oberrichters leuchteten noch Mut und Trotz.

Poroßnoki malte die Ereignisse der Reise in einer schön komponierten Rede, und er begann mit dem Herrgott, der Kecskemét so häufig heimsucht, daß man ihn bereits als einen hier zuständigen Einwohner betrachten konnte. Sie waren in gutem Glauben vorgegangen (der Herrgott ist Zeuge!) und sie konnten nichts dafür, daß der Plan in Trümmer ging.

Was wahr ist, ist nun einmal wahr, die Auslagen waren ungeheuer, aber sie hatten gedacht: Wer wagt, gewinnt!

Anfangs hörte man fein ruhig zu und die hübsche Rede würde vielleicht gar den Magistrat gerettet haben, hätte nicht bei den Details, wo Poroßnoki mit großem Pathos sagte: »Und wir erschienen am Mittwoch vor Sr. Majestät dem türkischen Kaiser, der in königlichem Ornate da saß,« hätte, wie gesagt, hierbei Gáspár Permete nicht dazwischen gerufen: »Eine Pfeife hatte er nicht im Munde?«

Eine unbändige Heiterkeit malte sich auf allen Gesichtern und von da ab folgte ein ungewaschener Zwischenruf dem anderen. Die Autorität sank und kaum hatte der erste Funke im Stroh verfangen, als auch schon alles aufloderte.

»Sie haben das herrliche Geld dem Teufel in den Rachen geworfen! Kleider mit Karfunkelsteinen haben sie jenen Personen nähen lassen! Amtliche Gelegenheitsmacher! Eine Peitsche mit Edelsteinen haben Sie mitgenommen! Das Geld wurde hirnlos verschleudert. Sie haben uns zum Kinderspott gemacht! Ich komme gerade von draußen und da schreien die Köröser auf dem Platze: ›Hält der Kaftan auch warm?‹ Eine solche Schmach unserer Stadt!... Darauf mögen Sie antworten!«

Der riesig gebaute Josef Berkes sprang auf und mit hervorquellenden Augen, brüllender Stimme und drohender Faust wütete er:

»Danken Sie ab! Packen Sie sich vom grünen Tische!«

Und unheildrohend, aus hundert Kehlen durchbrauste den Saal ein Schrei, welcher daherfuhr wie der Orkan durch Baumgeäste.

»Danken Sie ab!«

Die aufgeregten Bürger drängten sich in einem stets enger werdenden Ring um den grünen Tisch. Lestyák warf seinen Stuhl um, knöpfte von seiner Weste das Stadtsiegel los, welches dort an einer Kette hing und warf dasselbe mit der Kette zu Boden, so daß es bis in die äußerste Ecke des Saales kollerte.

»Da habt Ihr es! Ich brauch's nicht!« und er eilte zur Thür.

Allein Blasius Putnoki stellte sich ihm entgegen.

»Oho! Nicht so, Gevatter! Du bleibst. Ich klage dich vor Gott und Menschen an, daß du mit den Feinden der Stadt unter einer Decke gespielt, daß du die Schätze unserer heiligen Mutterkirche verkauft hast. Du bist der Gefangene der Stadt!«

»Auf wessen Anordnung?« fragte stolz und kalt Lestyák.

Putnoki war betroffen, wie wenn man ihm die Zunge abgeschnitten hätte, Lestyák hingegen entfernte sich, die Saalthür hinter sich zuschlagend. Der Reihe nach standen jetzt die anderen Senatoren auf, sich dem allgemeinen Willen unterwerfend. Sie legten ihr Amt nieder. In dem entstandenen Chaos brach sich Herr Josef Berkes Bahn bis zum Präsidentenstuhle.

»Ich beantrage, daß, bis nach reiflicher Überlegung ein neuer Beamtenkörper gewählt wird, die Angelegenheiten der Stadt eine aus drei Mitgliedern bestehende Kommission führe. Ein katholischer, ein kalvinischer und ein lutherischer Mitbürger.«

»So ist's!« schrie die Menge.

Sofort rief man alle drei aus, die Herren Samuel Holeczy, Balázs Putnoki und Josef Berkes. Das Triumvirat ging, als sich die Menge zerstreute, in das benachbarte Zimmer, um zu beraten und sein erster Beschluß war die Gefangennahme des jungen Lestyák.

Der alte Lestyák weinte und schrie, als man den Stolz seines Herzens, seinen Max ins Gefängnis führte. Zuerst griff er zum Bügeleisen und wollte die Haiducken totschlagen. Als man ihm das Bügeleisen aus der Hand riß, brachte er aus der Bibel geeignete Sätze zur Anwendung, welche er wie Donnerkeile an die Köpfe Gyuri Pintyös und Pista Muskas warf.

»Man muß die Sache nicht so arg aufnehmen, lieber Vater,« sagte ein wenig zornig der Ex-Oberrichter, »auch das dauert nicht ewig.«

»Sie werden das noch bitter bereuen!« rief der Alte, seine Fäuste wie ein Theaterheld ballend. »Wehe dir, Kecskemét, wie Sodom und Gomora wehe ward.«

»Uns kann das Glück noch lächeln,« tröstete Max.

»Glück?« Und der Alte begann wieder zu schluchzen, wie ein altes Weib. »Auch das Glück ist eine Göttin, ein Weib wie die anderen. Sie läuft immer neuen Männern nach. Mit dem sie einmal ein Liebesverhältnis hatte und ihn verließ, zu dem kehrt sie nicht wieder zurück.«

Dann erfaßte er wieder verzweiflungsvoll mit den Bewegungen eines Wahnsinnigen die Scheere und begann einen neuen Dolman, den er eben fertig gestellt hatte, in Stücke zu zerschneiden, indem er heiser röchelte:

»Verdirb, Hund! Die Welt soll ein Ende haben.«

Die Welt nahm zwar kein Ende, nur der Dolman und auch den armen Max schleppte man in den dumpfen Kerker des Stadthauses. Er lief ihm nach, aber bei der Thoreinfahrt wankten seine alten Beine und er konnte erst an der Thürschwelle rufen:

»Fürchte nichts, lieber Sohn, ich werde dich von dort erlösen, deine Freiheit erringen.«

Nun, fürwahr, das war auch damals keine große Sache! Man ging einfach zum Ofner Pascha, einen kleinen Befehl zu erwirken, daß man ihn sofort frei lasse. Wenn das Herz des Ofner Pascha nicht zu erweichen war, ging man zum Szolnoker Pascha, auch dessen Befehl ist giltig. Nehmen wir an, daß der Szolnoker Pascha gleichfalls in schlechter Laune war, dann ist es ratsam, den Kalgaer Sultan aufzusuchen, oder nach Fülek zum Vicegespan zu wandern, ja im schlimmsten Falle kann auch Herr Csuda die Freilassung anordnen, wenn es nicht das Einfachste ist, sich an den hochgebornen Herrn Stefan Koháry nach Szécsény zu wenden. Alle diese wohledlen Herrschaften befehlen in Kecskemét.

Gerade kam ein Wanderbursche zur rechten Zeit, der sich anbot, er war ein hübscher, Vertrauen erweckender Bursche.

Jetzt kann Herr Lestyák zuversichtlich seine Reisetasche umhängen und die obige Namensliste dazu, der Bursche hingegen giebt auf das Haus acht, übernimmt die Bestellungen und hält die ungeduldigen Kundschaften mit Worten hin, die Magd Erzsike hingegen kocht für ihn und sucht ihn auszuforschen.

»Aber dann mein Sohn Laczi? – nicht wahr du heißt Laczi? – treibe keinen Mutwillen mit dem Mädchen, ich warne dich, denn das ist mein Patenkind.«

So ging der Alte fort und blieb lange aus, erst im späten Winter kehrte er zurück.

Das Bein der heurigen Martinsgans weissagte einen strengen Winter und es war in der That so. Die kämpfenden Parteien standen viel Elend aus. Von den Kriegern des Herrn Thököly erfroren hundert bis zu Weihnachten. Wegen des vorjährigen schlechten Jahres waren auch die Lebensmittel knapp, die Soldaten froren nicht nur, sondern hungerten auch dabei, kein Wunder, daß ihr Auftreten zuweilen grausam war.

An jenem Abend, an welchem der alte Lestyák mit dem Ferman des Ofner Pascha nach Hause kam, zog mit ihm zugleich ein Trupp des übel beleumundeten Kalgaer Sultans vor die Stadt, unter der Führung Olaj Begs, mit sehr vielen in Sklavenketten geschlagenen Frauen und Männern und er sandte mit einem Reiter den Befehl an das Triumvirat:

»Ungläubige Hunde! Wenn ihr morgen Vormittag nicht acht Wagen Brot, vierzig Ochsen, zwanzig Wagen Holz und viertausendfünfhundert Gulden schickt, werde ich sie nachmittags selbst mit meinen Soldaten holen und von den Köpfen der Kecskeméter Regierung zwei abschneiden, denn ein Richter hat an einem Kopfe genug. Versteht mich gut!«

Im Stadthause entstand großer Schrecken. Die Haiducken liefen in voller Eile von Haus zu Haus, daß man dem mächtigen Olaj Beg Brot backe, daß man Holz zusammenscharre, aber am schwersten war es, das Geld herbeizuschaffen, denn die Lade der Stadt stand leer. Einen solchen Aderlaß erträgt man jetzt nicht.

Mit verstörten Gesichtern fand sie Michael Lestyák, als er mit Unterwürfigkeit hereinhumpelte.

»Nun, was wollen Sie?« frug Putnoki rauh ...

»Ich kam wegen des Sohnes, mein großer guter Herr.«

»Wegen des Sohnes?«

»Nun wegen meines Sohnes. Ich werde den Armen nach Hause bringen.«

»Wenn wir ihn freilassen.«

»Freilich, freilich,« sagte der Alte stolz, und breitete vor Herrn Putnoki den Brief Ibrahim Paschas aus. »Übrigens wie Euer Gnaden wollen.«

Der Triumvir gab klein bei, als er den Brief des Pascha überflogen hatte; er griff sich sogar an den Hals vor Schrecken, denn der gute Ofner Ibrahim klopfte aus seinem Schreibrohr niemals die Tinte aus, ohne eine kleine Gemütlichkeit in die ernsten Zeilen zu mischen. Auch jetzt standen dort die wenigen Worte: »Ich sehe, daß Euer Hals Euch stark juckt.«

»Das ist etwas anderes,« sagte der Triumvir sich duckend. »Wir gehorchen dem Befehle. Jetzt aber ist es schon spät Abend, auch ist der Kerkermeister nicht hier. Wir werden unseren Bruder morgen früh schon herauslassen.«

Der Schneider ging nach Hause, aber die Morgendämmerung fand ihn schon vor dem Thore des Stadthauses. Es war ein häßliches Wetter, ein großer Nebel ballte sich zusammen und auch der Schnee fiel still herab. Die Stadtherren kamen früh genug herein, besonders Putnoki, der über Nacht einen guten Gedanken gefaßt hatte und sich beeilte, ihn seinen Kollegen mitzuteilen.

»Es wird nicht gut sein, wenn Lestyák auf freien Fuß gesetzt wird. Sein Schädel ist mit viel Verstand und viel Spitzbüberei gefüttert.«

»Ein harter Schädel, das ist wahr, aber mit dem Sandschak Pascha können wir doch nicht Finger ziehen.«

»Das glaube ich auch nicht. Wir lassen ihn frei, ich schicke ihn aber an einen solchen Ort, von welchem er nicht wieder zurückkehrt. Überlassen Sie das nur mir!«

Die Gassen bevölkerten sich ungewöhnlich früh. Die Bewohner beförderten teils in Karren, teils in Schiebkarren ihre Sachen auf die naheliegenden Tanyen.

Das Erscheinen Olaj Begs am Horizont malte Schrecken auf die Gesichter. Denn der wackere Olaj Beg war thatsächlich kein solcher Kleinigkeitskrämer wie Herr Csuda oder Derwisch Beg, welche sich mit dem Raub eines Pfaffen oder eines schönen Mädchens begnügten. Der verständige Olaj Beg arbeitete *en gros*. Er kam selten, aber wenn er kam, trieb er eine ganze Gasse in Gefangenschaft, samt Frauen, Kindern, Sack und Pack, samt Pferden, Rindern, nichts zurücklassend, als die Schweine, welche unreine Tiere sind und mit dem heiligen Koran in Widerspruch stehen. Ein solcher Mensch war Olaj Beg, das muß man ihm lassen.

Bei der Nachricht von seinen Forderungen kamen die einflußreichsten Männer schon zeitlich morgens einzeln in das Rathaus; der eine brachte ein wenig Geld, der andere kam, um Brot und Holz anzubieten. Die schlechte Nachricht ist ein guter Wecker.

Viele murrten, als Herr Putnoki den Befehl gab, den jungen Lestyák aus dem Kerker vorzuführen. Er erschien ein wenig blaß, trug aber den Kopf hoch.

»Max Lestyák,« sagte der Triumvir feierlich, »Sie sind frei!«

Ein unzufriedenes Murren entstand im Saale.

»Der Ofner Vezir ist Ihr Patron,« bemerkte der Vorige satirisch.

Lestyák erwiderte nichts. Er machte eine nervöse Bewegung, als ob er gehen wollte.

»Nicht dort ist Ofen. Warten Sie noch! Der Ofner Pascha ist nicht der römische Papst, mein Herr Ex-Oberrichter, er kann Schlösser ausbrechen und schließen, aber nicht Sünden vergeben. Diese müssen Sie abbüßen.«

Eine peinliche Ruhe trat ein, man erwartete das Folgende mit zurückgehaltenem Atem.

»An unseren Grenzen steht der grausame Olaj Beg, dort jenseits des Teiches Csalános. Er hat der Stadt einen großen Tribut auferlegt, welchen man ihm bis heute Mittag übersenden müßte, aber es ist unmöglich. Wissen Sie also, Lestyák, wozu wir Sie jetzt verurteilen?«

»Sie werden es schon sagen, wenn Sie wollen.«

Balázs Putnoki fuhr mit boshaftem Lachen fort:

»Sie haben den berühmten Mantel gebracht, sehen wir nun, was Sie mit demselben anzufangen wissen. Sie werden ihn anziehen und in ihm zum Beg gehen.«

Das Herz des jungen Mannes zog sich zusammen. Das kam unerwartet. Seine Füße wankten fast. Aber rasch gewann er wieder Kraft. Wie zu sich selbst sagte er: »Ich darf nicht erschrecken, ich darf es nicht ...« Sein Herz schlug stark, seine Stimme wurde tonlos; aber die Farbe des Gleichmuts lagerte auf seinem Gesicht.

»Und was soll ich dem Beg sagen?«

»Sagen Sie ihm, daß er sich mit der Hälfte des Tributs begnüge und auch damit zwei Tage warte, bis wir ihn zusammengebracht haben. Oder aber, zum Teufel, bieten Sie ihm den Kaftan an, welcher fünfzig Pferde, hundert Ochsen und ungefähr viertausend Dukaten repräsentirt. Er wird zufrieden sein. Hehehe! und was noch zurückkommt, das bringen Sie in die städtische Kasse. Hahaha!«

»Der wird mich ja sofort rädern lassen oder in Ketten schlagen.«

Putnoki zuckte die Achseln.

»Das ist Ihr Malheur.«

»So?« rief Lestyák bitter aus. »Verurteilen Sie mich wirklich dazu?«

Mit einem Blicke sah er die Triumvirn, die grauhaarigen Greise der Stadt, der Reihe nach an. Diese nickten mit dem Kopfe zum Zeichen, daß das Urteil gerecht sei. Man muß an den Vergeudern des öffentlichen Vermögens ein abschreckendes Exempel statuieren.

»Führen Sie mich lieber in den Kerker zurück,« sagte er selbstvergessen, bereute es aber sofort.

»Wovor fürchten Sie sich denn eigentlich so sehr?« klügelte bissig der Triumvir, »den Kaftan werden Sie ja tragen.«

Ein großes Gelächter entstand bei diesen Worten und das Blut schoß Lestyák ins Gesicht.

»Ich pflege mich nicht zu fürchten,« sagte er stolz. »Wann soll ich gehen?«

»Noch Vormittag, sobald ich die Anordnungen getroffen habe. Wollen Sie bis dahin nicht beichten?«

»Nein.«

Der alte Schneider verkündete es verzweifelt der ganzen Stadt, welch' unerhörtes Unrecht es sei, seinen Sohn in den Rachen des Tartaren-Haufens zu schicken. Das ist ein Todesurteil ohne Verhör und Verteidigung!

»Denkt daran, wie sehr ihr ihn vor drei Monaten liebtet. Macht einen Aufruhr, ergreift Hacken, Eisengabeln, kommt, ich führe euch an, damit ihr das ›dreiblätterige Kleeblatt‹ abmäht.« (Das war der Spottname des Triumvirates.)

Keine Hand rührte sich; Wurzeln haben ja nur die lebenden Bäume … höchstens in den mit Rosmarin und Muskaten geschmückten Fenstern ward ein braunes oder blondes Mädchenantlitz traurig und ein tiefer Seufzer brach sich vielleicht durch die Blätter der Blumen: »Armer Max Lestyák!« Dann blieben diese schönen Gesichter auch weiterhin auf der Lauer.

»Wann kommt er? Wie gern möchte ich ihn im Kaftan sehen. Wie lange zögert er.«

Man sattelte sein Pferd im Hofe des Stadthauses. Leicht schwang er sich in den Sattel, obwohl ihm der grüne Seidenmantel bis zu den Fersen reichte. Er pfiff sogar, als er den linken Fuß in den Steigbügel setzte. Auch zwei Trabanten setzten sich zu Pferde, und hielten mit gezogenen Säbeln an seiner Seite Wache.

Sie hielten aus dem rückwärtigen Thor ihren Auszug, damit die angesammelten Neugierigen nicht schreien und lachen sollten. Das war aber eine Sache zum Weinen! Die Triumvirn sahen zum Fenster hinaus, so lange sie wegen des immer dichter werdenden Nebels sehen konnten. Herr Putnoki rieb sich vergnügt die Hände.

»Nun, der wird das Kecskeméter Horn auch nicht mehr hören!« (Denn es war üblich, die Mittagszeit durch Hornrufe vom Turm Sankt Nikolaus zu kennzeichnen.) Dann wandte er sich lebhaft den versammelten Bürgern zu: »Jetzt aber beeilen wir uns, den Tribut auf Wagen zu laden, damit Olaj Beg, wenn er sich erzürnt gegen die Stadt kehrt, die Sendung schon unterwegs finde.«

Die Trabanten begleiteten Lestyák nur bis ans Ende der Stadt, wie dies bei den Verbannten zu geschehen pflegt. So stand es im Befehl. Es wäre auch schade um die Trabanten gewesen, diese Leute bis ins feindliche Lager zu senden, wo ihrer sicherer Tod harrte.

Vielleicht geht Lestyák gar nicht weit, vielleicht schlägt er sich irgendwo seitwärts in die Büsche, die Welt ist ja weit und hat vier Ecken – nun, so mag er es immerhin thun, wenn er nur nicht länger hier lästig fällt.

Aber da kam man just an den Rechten. Während er fürbaß über die endlose Schneedecke dahinritt, dachte er bei sich:

»Ich zieh von dannen; ich muß es wohl. Denn wenn ich bleibe, bin ich für immer tot. Geh' ich aber fort, so kann es noch geschehen, daß sie mich zurückrufen. Olaj Beg ist ein kluger Mensch; einen Toten kann er zu nichts nützen, ein Lebender aber ist ihm stets eine Ware, zumal er mit Sklaven handelt. Schlimmenfalls schleppt er mich in die Gefangenschaft. Das kann man immerhin wagen.«

Mit dem herabhängenden Flügel seines Mantels hieb er dem Gaule eins auf den Rücken, wodurch die arme Mähre einigermaßen angespornt wurde. Das Roß hatte schöne Karriere gemacht. Gestern noch drehte es sich in der städtischen Tretmühle und heute sitzt ein Ritter in seinem Sattel. (Gut genug für die Tartaren, spekulierten die Triumvirn.)

»Ich werde auf den Richtplatz geschleppt!« murmelte der Reisende, und das Blut kochte ihm vor Ingrimm.

Er ballte die Faust.

»Ei, könnt' ich nur je wieder heimkehren!«

Dann gab er dem Gaul einen derben Stoß, der wohl den Triumvirn zugedacht war, den aber das Tier ergebungsvoll erduldete. Es erhob sich ein schärferer Wind. Vom Csalános-Teiche her klang ein fernes Surren und Getöse: der Lärm des Tartaren-Kriegslagers.

Trabe zu, Mähre, trabe zu!

Er kam an einer tragbaren aus Schilf geflochtenen Mauer vorüber, wo die Herden zu überwintern pflegten, die aber nur gegen den Wind Schutz bot. Lestyák mußte daran vorbeireiten. Vom Pferde herab sah er, daß ein Mann mit breitem, schwarzem Hut, in einen Mantel gehüllt dort stehe: vielleicht hatte er sich vor dem Schneewehen dahin geflüchtet. Der Mann kam näher und sprach:

»Stehen Sie mir doch auf ein Wort, Herr Lestyák.«

Lestyák blickte gar nicht hin und antwortete mürrisch:

»Ihr wisset das Wort nicht, das mich zum Stehen brächte!«

»Ich bin es – Czinna.«

Es gab also doch ein Wort, auf welches er stillestand, ja, vom Pferde sprang.

»Unglücksmädchen, wie kommst du hierher? Ei, was du für ein hübscher Junge bist.« Und dabei lächelte er matt und traurig.

»Es ist gut, daß Sie vom Pferde gestiegen sind, denn ich will es ohnedies besteigen. Kommen Sie doch hierher, hinter die Mauer, aber gleich und lassen Sie mich den Kaftan umlegen.«

»Bist du wahnsinnig?«

»Ich habe alles bedacht, als ich daheim hörte, wohin man Sie schickt. Wenn Sie dahingehen, so tötet man Sie, oder schleppt Sie in die Sklaverei, nicht?«

»Du sagst es, Czinna!... Aber es ist ganz wundersam, daß du hier bist.«

Er blickte sie verwirrt an und schien sich an ihr nicht sattsehen zu können.

»Wenn man Sie tötet, dann giebt es kaum mehr ein Auferstehen.«

»Na, das ist wohl wahr.«

»Keine Späße jetzt! Sie sind ein schrecklicher Mensch! Schleppt man Sie aber weg, so wird Sie gewiß niemand auslösen. Die Senatoren würden es auch verhindern.«

Max biß sich in die Lippen.

»Wenn aber ich hingehe und mich als Lestyák ausgebe und sie mich umbringen wollen, werden sie bemerken, daß ich eine Frau bin und den Frauen thun die Tartaren nichts zu Leide, dann können Sie mich auslösen; wenn sie mich aber nur gefangen mitnehmen, dann können Sie mich um so eher als Lestyák auslösen. Geben Sie also schnell den Mantel her.«

Und während sie noch dies mit einschmeichelnder, süßer Stimme sagte, hatte sie auch schon den Mantel herabgezogen.

Max Lestyák widersetzte sich:

»Nein, nein! Wo denkst du hin?«

Die Argumentation von Czinna hatte ihre Wirkung trotzdem nicht verfehlt.

»Es ist schon möglich, daß es so ist;« und er rieb sich die Stirne. »Ich löse dich aus, natürlich löse ich dich aus. Du sagst ja, du wärest mir noch ein Leben schuldig. Schweige, man muß das nicht so nehmen. Klügele nicht, Mädchen. Warte ein wenig. Ich weiß selbst nicht, was wir machen sollen.«

Das Mädchen aber blieb nicht stehen; sie hatte den Mantel bereits um ihre schlanke Gestalt geworfen, im nächsten Augenblick schwang sie sich auf das Pferd. Einen Augenblick später hatte sie bereits der Nebel verschlungen, Lestyák lief ihr wütend nach.

»Bleibe stehen!« schrie er mit donnernder Stimme. »Ich laß' dich nicht fort. Ich befehle dir, stehen zu bleiben!«

Er konnte schon reden, der Gute. Ein schwacher Augenblick und der Fehler war begangen. Ein Augenblick der Schwäche ist der Kern des Sturzes großer Männer. Das Mädchen ging und blieb erst beim Tartaren-Lager stehen.

»Führet mich vor den Feldherrn. Ich bin Max Lestyák, der Kecskeméter Abgesandte.«

»Steige vom Pferde, guter Mann, ich führe dich hin —« meinte ein untersetzter Tartare mit gutem ungarischen Accent. »Ein schlechtes Pferd gaben dir die Kecskeméter Richter. Da kommt eben unser Herr, Beg Olaj, Allah beglänze lange seinen Bart.«

Wahrhaftig, da erschien er, der mächtige Beg Olaj, auf seinem schönen Rappen hielt er eben Revue über seine Truppen.

»Der Kecskeméter Gesandte ist hier, mächtiger Beg!« meldete der untersetzte Junge.

Der Beg betrachtete den Gesandten und dessen Mantel sehr aufmerksam, dann sprach er sanft:

»Wende dich um, braver Junge, wenn ich dich mit der Bitte nicht belästige.«

Czinna drehte sich um.

Beg Olaj warf nun von rückwärts einen Blick auf den Mantel. Dann sprang er vom Pferde, warf sich vor Czinna zur Erde und küßte den Saum des Mantels dreimal. Czinna staunte ihn an mit ihren großen schwarzen Augen, sie glaubte zu träumen.

»Allah ist groß und Mohamed sein Prophet. Was befiehlst du, Abgesandter der Stadt Kecskemét?«

Demütig und gebückt stand er vor ihr. Czinna zögerte ein wenig, dann aber sagte sie mit herber Stimme:

»Verlasset die Markung der Stadt Kecskemét sofort!«

Olaj Beg hob seine schläfrigen Schafaugen gegen den Himmel, dann wendete er sich zu den Truppen und schrie laut:

»Wir ziehen ab! Sattelt!«

Siebentes Kapitel.

Lestyák blieb bei der Schilfmauer und zerbrach sich den Kopf darüber, was er beginnen, wohin er sich wenden sollte. In seinem schweren Kopfe zerflossen die Gedanken wie geschmolzenes Blei, seine Glieder nahm eine Schlaffheit gefangen, an seiner Seele nagte die Selbstanklage: »Ich habe schlecht gehandelt, es war eine egoistische Feigheit.« Eine peinigende Unruhe stach ihn wie mit Dornen.

Düster blickte er vor sich hin.

»Wohin führt mich nun mein Weg ...?

Der Nebel zerteilte sich ein wenig und unweit erglänzte das Riesenauge des Sees Csalános, wie wenn er ihm zwinkernd zugerufen hätte: »Komm, Lestyák, es wird am vernünftigsten sein, wenn du dich hierher legst, dich mit einer silbernen Decke zudeckst und auf einem weichen Sandpolster träumst!... Dies ist der geradeste Weg.«

Einige Schritte machte er gegen den Teich, aber ein Strauch stellte sich ihm in den Weg, der höchste in der ganzen Gegend; die dünnen Äste hatten die kleinen Schneeflocken überdeckt: er bemerkte sie nicht und stolperte über dieselben. Und als sein Ohr in diesem bitteren Augenblicke den Körper der »lieben Mutter« berührte, da hörte er, fühlte er plötzlich, daß derselbe weit weg erbebte, der dumpfe Schall von tausend Pferdehufen war vernehmbar. Er schauerte zusammen. »Ach, es kommen die Tartaren gegen die Stadt.«

Doch ruhiger ward es, wie wenn der Lärm sich verzöge, er wurde immer leiser und leiser, bald aber ging er ganz unter. Nur ein Pferd näherte sich. Top! Top! Ja, wahrlich, es ist nur ein Pferd, und bei Gott die Czinna sitzt darauf. Lestyák sprang in die Höhe, er wischte gar nicht den Schmutz von seinen Kleidern, er lief ihr atemlos entgegen.

»Du bist hier? Es fehlt dir nichts? Du bist wirklich hier? Was geschah?«

Czinna lächelte munter. Bevor sie antwortete, blies sie ihr Gesichtchen in mädchenhaftem Übermut heldenhaft auf:

»Es geschah nichts anderes, wie ich gehorsamst melde, als daß ich die Tartaren vertrieben habe. Sie laufen wie besessen.«

»Schwatze nicht!«

Dies sollte so viel heißen: »Ich bitte dich, rede, rede!« Sie sprach auch, doch vorerst streifte ihr glänzender Blick mit großer Liebe den beschneiten grünen Kaftan.

»Dieser Mantel ist schon etwas wert, mein Herr Max.«

»Wirklich?«

»Als ihn Olaj Beg gewahrte, stieg er vom Pferde, küßte den Saum dreimal und fragte dann mit großer Demut, was ich befehle. Ich habe ihm nun befohlen, daß sie sofort sich von dannen heben. Sie folgten sofort und zogen ab.«

Lestyák stand mit offenem Munde da.

»Ist es möglich? Hat er wirklich eine solche Zauberkraft?«

»So geschah es, Wort für Wort. Ich habe aber nicht viel Zeit zu plaudern. Nehmen Sie den Kaftan, hier ist Ihr Pferd, setzen Sie sich darauf. Ich werde mich auf einem andern Weg entfernen.«

»Potztausend! Das ist ja ein wahrhaftiges Wunder!« jubelte Max, der sich vor Staunen nicht erholen konnte. »Dann ist ja dieser Kaftan ein großer Schatz!«

»Das will ich wohl glauben. Jedoch beeilen Sie sich, denn sie könnten kommen. Es ist mir, als wenn ich schon schwarze rollende Wagen, von der Stadt kommend, sähe.«

Lestyáks Stirn verfinsterte sich.

»Du hast recht, Czinna, sage niemandem etwas! Ich danke dir für das, was du gethan hast. Ich werde mit dir noch später sprechen ... heute noch. Jawohl, ich spreche noch mit dir, Czinna.«

»Schon gut,« meinte der fesche Bursche und verschwand gegen den Ried hin.

Lestyák ging den geraden Weg. In der That fand er die lange Wagenreihe bald vor sich; diese brachte Brot und Holz, der Marczi trieb die Ochsen mit saftigen Verwünschungen an. Vor dem Wagen ritt einer der Triumvirn, Herr Samuel Holéczi, den *nervus rerum* in der an seiner Seite hängenden gelben Ledertasche tragend. Jenes Weib aber auf einem Wagen, umgeben von hold geröteten Brotlaiben, es ist bei Gott Frau Fábián; sie ist aus bloßer Neugierde mit von der Partie, um doch endlich einen »hundsköpfigen Tartaren« zu schauen; und neben ihr kauert der redegewandte Paul Fekete, mit den blinzelnden Hasenaugen eine Schrift lesend.

»Seht da! Ist das nicht der Lestyák?« stammelten betroffen die Kecskeméter. »Der kommt aus dem Jenseits!«

Samuel Holéczi, der dem Lestyák niemals so recht gram war (man weiß ja, daß die Lutheraner immer zu einander halten) und den überdies eine quälende Neugierde befiel, richtete an Herrn Max in weichem Tone die Frage:

»Nicht wahr, es ist nur Eure Seele, Amice, nicht Ihr selbst?«

»Potztausend, nein, ich bin es selbst ohne meine Seele,« brummte Lestyák bitterlich (wer weiß, woran er eben dachte?) »Aber Ihr, wohin wandert Ihr denn?«

»Es nahen Gäste unserer Gemarkung,« meinte in gemütlichem Galgenhumor Holéczi. »Wir bringen ihnen eine kleine Kollation entgegen.« (Der edle Herr war zumeist bei gesegneter Laune.)

»Die werden aber nicht leicht zu erreichen sein!«

»So?«

»Freilich, sie sind schon über alle Berge. Gingen fort ohne Verabschiedung.«

»Ist das möglich?« quiekte die Frau Fábián dazwischen.

»Schade!« grämte sich Herr Fekete. »Da komme ich um eine meiner schönsten Reden.«

Lestyák erzählte die Geschichte mit dem Mantel, ob welcher das Antlitz des Herrn Samuel Holéczi augenblicklich alle Farben zu spielen begann.

»Kein kleiner Fall,« brummte er, sich die stumpfe Nase mißvergnügt kratzend. »Kein kleiner Fall, hm … dergleichen hat sich wohl, seitdem die Welt besteht, noch niemals zugetragen.«

Indessen seine Verlegenheit währte nur einen Augenblick; er war ein abgefeimter, schlauer Fuchs, der sich leicht wieder auf die Höhe der Situation zu schwingen verstand.

»He, ihr Fuhrleute, nun kehret wieder um! Ein großer Tag ist für Kecskemét angebrochen.«

Dann aber sprang er aus dem Sattel und sprach in ehrerbietigem Tone:

»Schwingt Euch auf mein Pferd, Herr Max Lestyák. Es ist mir ein Kummer und eine Schande, Euch im Sattel jenes Kleppergauls zu sehen.«

»Laßt das nur. Ich danke. Mein Roß ist gut genug für mich. Wenn drei Triumvirn mich auf dasselbe gesetzt, so ist einer nicht genug, um mich aus dessen Sattel zu bringen.«

»So mag denn Herr Fekete mein Pferd besteigen, um der Stadt die Kunde von dem Geschehenen zu überbringen.«

Das war aber dem »Cicero der Stadt« just recht, so fand er Gelegenheit, für die ausgefallene Rede eine andere zu halten.

»Freilich geh' ich. Wie sollt' ich nicht gehen? 'S ist ja eine wahre Freude, so ein schönes Tier zu reiten. Aber gebt mir eine Gerte dazu, da es mir nun einmal an Sporen fehlt.«

Man brauchte keine Peitsche für den feurigen Renner, er galoppierte mit dem großen Orator von dannen, wie die Fohlen des Märchens, denen man in die Futtersäcke glühende Kohlen als Futter steckt. Fekete selbst aber schwitzte und pustete, er war, als er am Platz anlangte, völlig durchnäßt. Hier verkündete er dem sich immer mehr und mehr ansammelnden Volke mit kühnen Redewendungen die besondere Gnade Gottes, mit der dieser die Stadt bedachte, indem ein totes Kleidungsstück beredt wurde und den Erzfeind von den Grenzen verjagte.

»Es geschah ein Wunder. Edle Bürger Kecskeméts, lasset die Glocken läuten. Der habgierige Olaj Beg warf sich zur Erde und küßte den Mantel Lestyáks dreimal demütig und fragte ihn zerknirscht: ›Was befiehlst du, Abgesandter der Stadt Kecskemét?‹ Hierauf erhob Herr Lestyák junior sein Haupt und antwortete: ›Stört nicht meine Kreise – das heißt, hebt Euch von dannen.‹ Und so kommen sie zurück, die Wagen mit Brot, die Ochsen, die Geldbeutel, der Triumvir und Max Lestyák.«

Ein großer Freudenschrei war nun vernehmbar. Wie ein Lauffeuer verbreitete sich die Nachricht von Straße zu Straße. Von Haus zu Haus wurde die Nachricht getragen. Die gefallenen, verhaßten Senatoren kamen wieder ans Tageslicht, sich unter das Volk mengend. Poroßnoki wurde mit Eljenrufen begrüßt, dem alten Inokai machte man entblößten Hauptes eine Gasse. Von Herrn Franz Kriston verlangte man mit großem Lärm, er möge reden; dieser zögerte auch nicht lange, stellte sich auf ein Krautfaß inmitten des Marktes und sprach blos:

»Ich verlange von Euch Gerechtigkeit für jenen genialen Jüngling, der diesen großen Sieg erfocht.«

»Gerechtigkeit!« widerhallte es aus tausend Kehlen.

Die Bevölkerung wogte auf und ab, wie ein angeschwollener Strom. Lärm, Leben herrschte überall – Männer und Frauen erzählten das Wunder des redenden Mantels. Freilich flickte noch jeder etwas am Zeug. Eine große Begeisterung atmeten die Leute ein. Jeder bewegte sich hin und her, jeder schrie etwas anderes, und jeder dachte sich etwas.

Schöne aufblühende Knospen, junge Mädchen kleideten die Frauen von Kopf bis zu Fuß in Weiß, ehrsame Bürger stürzten in den Stall der Stadt, um die berühmten vier Rapphengste einzuspannen (schnell die Bänder in ihre Mähnen), alte Männer schleppten die Böller auf die Straße. Unterwegs suchten sie den Feuerwerker bei den »drei Äpfeln« auf. (Kommen Sie doch, Herr Hupka, wenn Sie einen Gott anerkennen. – »Nur noch einen Schluck!« bat Hupka.)

Hochehrwürden Herr Péter Molitoriß, der lutheranische Pfarrer, stieg selbst in den Turm des heiligen Nikolaus, damit er im gelegenen Momente die Glocken läute. Aus den Dachluken krochen die Fahnenstangen heraus mit ihren schlängelnden, wehenden trikoloren Flügeln. Ein wenig fahl sind sie schon; sie sind noch aus der Zeit Bethlens herübergekommen. Seitdem blühten auch die Kecskeméter Hausdächer gar wenig. Die elf gefallenen Senatoren hingen rasch die silberknöpfigen Mentes an, banden die rasselnden Säbel um und nun stehen sie schon im Halbkreise beim Thore des Stadthauses.

Eine bedeutend schwierigere Aufgabe fiel dem Herrn Paul Fekete zu (woraus erhellt, daß nicht gleichmäßige Aufgaben die Schultern der Männer des öffentlichen Lebens bedrücken), er mußte das Manuskript umarbeiten; die Benennung mächtiger Beg mußte gestrichen werden, statt dieser Ansprache mußte hingeschrieben werden: »Glorreicher Patriot.« Statt der: »Wir kamen zu dir« mußte es heißen: »Du kamst zu uns zurück« &c. (Gleichviel, es wird sich das doch ganz hübsch machen.)

Obschon improvisiert, ging alles vortrefflich; nur der Galawagen verspätete sich ein wenig; doch die Böller erdröhnten gleichzeitig, die Glocken klangen feierlich und als Lestyáks Gestalt erschien, da flutete ein Jubelgetöse durch die Straßen, das lawinengleich sich fortwälzte, weithin, bis an die Pforten des Stadthauses. Da war es, wo der Gefeierte abstieg, die wohlgesetzte Rede des Herrn Paul Fekete anhörte, den weißgekleideten Jungfrauen einen lächelnden Gruß zunickte, den verstoßenen Senatoren die Hand drückte und den Herrn Poroßnoki vollends umarmte – woraufhin man ihn auf die Schultern hob, um ihn im Siegeszuge in das Stadthaus emporzutragen und zuletzt am Präsidentenstuhle des grünen Ratstisches abzusetzen.

So wie der Lärm sich ein wenig gelegt (denn der Saal war voll der Notabilitäten des Gemeinwesens), erbat sich der schneeköpfige Mathäus Pußta das Wort und feierte mit leiser, wie Wespengesumme tönender Stimme Lestyáks Verdienste, um schließlich auszurufen:

»Laßt ihn uns zum lebenslänglichen Oberrichter Kecskeméts erwählen.«

Hei, wie das Gemäuer ob des Jubelgeschreies erbebte! Es dauerte Minuten, ehe Kaspar Permete zu Worte kam und sich verständlich machen konnte, ob er gleich mit allen Vieren gestikulierend andeuten wollte, daß er ungemein Wichtiges zu sagen habe.

»Ich aber, Kaspar Permete, der ich sothane Obrigkeit vor zwölf Jahren durch ein Wort meines Mundes zu Falle gebracht, ich stehe nicht an, zu erklären, daß ihm selbst die lebenslängliche Übertragung unserer höchsten Würde eine zu kurze Frist sei.«

»Nach seinem Tode kann er doch nicht gut präsidieren!« warf Herr Gerson Zeke ein.

»Doch, doch ... Laßt es uns aussprechen und ins Protokoll aufnehmen, daß gleichwie die heilige Krone unseres Landes in der von Gottes Gnaden ruhmreich regierenden Familie Habsburg sich von Vater auf Sohn vererbt, desgleichen der Oberrichterstab auf die männlichen Nachkommen Lestyáks übergehen möge für und für.«

Gerson Zeke: »Es giebt doch wohl noch einen kleinen Unterschied zwischen den beiden.«

Kaspar Permete (wütend): »Es giebt keinen!«

Gerson Zeke: »Die Krone ist aus Gold, der Oberrichterstab aber aus dem Holz der Kornelienstaude!«

Diesen kleinen Konflikt unterbrach Herr Johann Deák aus der Czegléder Gasse, der im Geruche eines sehr weisen Mannes stand.

»Vetter Zeke ist im Rechte, denn die Krone glänzet stark auch auf schwachen Häuptern, allein der Richterstab wird stets schwach in schwachen Händen sein. Mithin geht es nicht an, diesen Stab blindlings noch ungeborenen Nachkommen in die Hände zu drücken. Indessen ist es ungeziemend, diesen großen Tag durch derlei Gezanke zu entweihen. Wir wollen auf den Pfaden des ehrwürdigen Ernstes bleiben und nichts überhasten, denn es wird uns niemand Dank dafür wissen, wenn wir ihm eine Würde anbieten, die derzeit noch ein anderer inne hat. Die Versammlung möge daher beschließen, daß das ohnedies nur provisorisch errichtete Triumvirat abgeschafft wird.«

»Die sind ja freiwillig durchgebrannt! Keiner von ihnen wagt es, sich zu zeigen!« klang es von allen Seiten.

»Sonach möget ihr die alten Senatoren wiederwählen und es kann dann die protokollarische Inaugurierung der lebenslänglichen Oberrichterschaft Lestyák's stattfinden.«

Überflüssig zu sagen, daß alldies angenommen wurde. Der neue Oberrichter saß so würdevoll da wie ein Dynast und nickte kühlen Dank mit dem Kopfe. Sein Antlitz, bis dahin bleich, färbte sich jedoch scharlachrot, als sich die Rufe erhoben:

»Wir wollen die Geschichte mit dem Mantel hören! Er selbst soll sie uns zum Besten geben!«

Nervös bewegte er sich auf dem Sessel hin und her, wie wenn eine eiserne Faust seine Kehle zusammenschnürte. Den Fall mit Olaj Beg Hunderten zu erzählen ... Eine Scene, die er nie durchlebt, die er nie gesehen hat. Lügen vor dem Angesichte der ganzen Stadt! Ach, welch' großer Fehler war es, daß er nicht ins Lager gegangen war. Der Teufel brachte ihm jenes Mädchen in den Weg. Und wenn er schon nicht dort war, wäre es besser gewesen dies einzugestehen. Jetzt ist es schon unmöglich, unmöglich ...

Je größer seine Herrlichkeit war, um so mehr zerriß seine Seele das Bewußtsein, daß ein unerwarteter Windhauch dieselbe zerstören könnte, die Ohren des Midas wurden ja auch entdeckt. Er hatte das Gefühl, als hätte er seinen Ruhm gestohlen, er konnte sich desselben nicht freuen, und doch, er gebührte ihm ja, denn er war es, der den Mantel erworben hatte.

Hinter dem Lehnstuhl des Oberrichters schwebte ein unangenehmer Schatten.

»Hört! Hört!« tönte es immer lebhafter und intensiver.

Es gab kein Entrinnen. Verlegen nahm er den Kaftan ab und legte ihn auf den grünen Tisch. Hier der wertvolle Schatz der Stadt Kecskemét. Dann erzählte er stotternd noch einmal die wundersame Geschichte des grünen Mantels. Laute Ausbrüche der Freude würzten seinen Vortrag; jeder jubelte, nur eine gebrochene Gestalt weinte in der letzten Bank. Der mächtige Oberrichter, nunmehr der Diktator von Kecskemét, stand auf, ging zu dem schluchzenden Manne, nahm ihn bei der Hand und sprach:

»Und jetzt gehen wir, mein guter Vater. Ich will daheim ein wenig ausruhen.«

Im kleinen Thore warteten schon die kleine Erzsi und der Laczi. Die Krapfen waren schon hübsch gebacken und auch das Pörkölt war schon vollkommen, das Spanferkel bereits ausgekühlt, gerade gut, daß sie kommen.

»Ich habe es dir nicht gesagt, mein lieber Sohn, freilich, wann hätte ich es dir sagen sollen, daß ich mit einem Gesellen arbeite, das heißt, wir arbeiten jetzt schon zu Zweien.«

Der Oberrichter machte ein gleichgiltiges Gesicht.

»Der junge Bursche dort?«

»Ich mußte ihn acceptieren, als ich nach Ofen zum Pascha intervenieren ging. Denn ich habe dich zum Oberrichter gemacht, daß du es nun erfahrest (das Auge des Alten schimmerte grünlich). Der alte Lestyák ist ein ganzer Mann; was?.... Der Geselle, sage ich, war zur Arbeit nötig, obzwar ich nicht bemerke, daß er auch nur das Geringste gemacht hat. Ich habe noch keine Gelegenheit gehabt, zu erforschen, was er kann. Bisher habe ich die Politik gemacht. Lache nicht, Junge, sonst werde ich bös. Von nun an wirst du sie machen. Ein großartiges Blut, das der Lestyák. Aber schau, wir sind ja schon zu Hause.«

Wie süß ist das Elternhaus, wenn man es lange nicht gesehen hat. Gemütlich raucht der Schornstein, munter nicken die Zweige des alten Birnbaumes, im Hofe springt uns der Hund Bodri entgegen, im Zimmer die Katze Czirmos, es lachen die Steinkrüge, die bekannten Thongefäße an der Wand, die Möbel beginnen zu erzählen, es flackert das Feuer im großen Ofen und wirft einen flammenden Streif auf die braune Thür.

Der Alte seufzte:

»Deine arme, gute Mutter, wenn man sie zu diesem Tage erwecken könnte!«

Man bringt das Essen, die Düfte desselben erfüllen das Zimmer, die Erzsi geht hin und her, so auch der Geselle Laczi.

»Lauf', mein Laczi, in den Keller, lauf und spute dich. Du aber, mein Sohn, setze dich nieder, denn ich weiß, du bist hungrig, die Gefangenenkost hat dich herabgebracht. Ich habe seit dem Schreckenstage ebenfalls nichts gegessen. Vorerst hinderte mich die Trauer und jetzt die große Freude. Ich habe in Ofen gelebt, wie das Pferd des Nikolaus Toldy. Nur daß ich dich befreit habe.«

»Ibrahim Pascha ist ein braver Mann,« flüsterte der Oberrichter zerstreut (die eigenartige Situation Czinna gegenüber hatte ihn nervös gemacht).

»Ach bewahre! Ein arger Hund ist der Alte, zuerst war er wütend über mich, es fehlte nicht viel und auch ich wäre ins Kühle gekommen.«

»Warum?«

»Wegen des Zigeunermädchens, wenn du dich ihrer erinnern kannst. Ist die Suppe vielleicht nicht genügend gesalzen? Bringe das Salzfaß herein, du Laczi!«

Laczi zitterte wie Espenlaub.

»Was fehlt denn dir? Fürchtest du dich vor meinem Sohne? Der beißt ja nicht, wenn er auch ein großer Herr ist.«

»Ich danke, ich bedarf des Salzes nicht. Also des Mädchens willen zürnte Ibrahim?«

»Er sagt, sie sei mit Euch durchgegangen und solange wir sie nicht zurückgeben, oder nicht eingestehen wo sie ist, läßt er auch mich einsperren ... Ich sagte, ich hätte seitdem nicht einmal ihren Schatten gesehen.«

»Das haben Sie nicht vernünftig gemacht –« murmelte der Oberrichter. »Und das Weitere?«

»Zum Glück kam eben zu jener Zeit der amtliche Bericht, daß man die Kleider des Mädchens am Theißufer aufgefunden und auch den Leichnam aus dem Flusse gefischt hat.«

»Ach,« unterbrach ihn der Oberrichter munter. »Ist das Mädchen gestorben?«

»Was!« schrie der Geselle und ließ die Bratenschüssel fallen, die er eben ans dem Ofen gehoben hatte, um sie auf den Tisch zu setzen.

Der Meister fuhr ihn wütend an:

»Du Lümmel! Hebe es auf, dann aber verschwinde!« Bald hiernach lachte er aber schon: »Gar manches Wunder geschieht heute, die toten Ferkel gehen auch schon durch.« (Das schön rot gebratene Tier kollerte bis unter das Bett.)

Laczi schlich krebsrot zur Thür.

»Halt!« rief der Oberrichter, winkte ihm zu und flüsterte ihm etwas ins Ohr. »Jetzt kannst du hinausgehen.«

»Willst du etwas? Ich möchte es lieber der Erzsi sagen. Dieser ist ungeschickt,« sagte er, dem Knaben nachblickend, »ich glaube nicht, daß er vom Schneiderhandwerk viel versteht. Es ist dies, mein Sohn, ein großartiges Handwerk, eine herrliche Wissenschaft. Die Korrigierung der Schöpfungen Gottes; ich korrigiere den häßlichen Leib und bringe Männlichkeit in die schiefen Schultern. Es ist dies schon etwas, mein Söhnchen.« (Der alte Schneider fuhr begeistert durch seine schütteren Flachshaare.) »Es ist schade um den Jungen, er hat ein so sanftes, liebes Gesicht, daß er ganz gut ein Mädchen sein könnte.«

»Heutigen Tages ist gar nichts unmöglich, mein lieber Vater.«

»Das ist schon richtig, aber iß doch vom Braten. Wir haben auch noch Krapfen. Ißt du den Kopf nicht gern?«

»Ich esse schon, aber Sie, mein Vater, haben ja das Ende des Ofner Ausfluges noch immer nicht erzählt.«

»Als die amtliche Verständigung anlangte, wurde Ibrahim sofort guter Laune, du kannst dir ja denken, wie ihn der Sultan bedrängte. Er sandte sofort die Beweise des Todesfalles zum Padischah, mich rief er zu sich, klopfte mir auf die Schulter, indem er sagte: ›Ich sehe, ihr seid rechtschaffene Leute,‹ (wir Lestyáks waren dies zu jeder Zeit). ›Hier ist der Befehl, deinen Sohn frei zu geben, jedoch sage es nicht, du Hund, daß du es unentgeltlich bekommen hast, denn damit würdest du mich zu Grunde richten;‹ und so gelangte ich zu dem Ferman.«

»Er hat es übereilt.«

»Wer? Ich?«

»Nein, der Pascha.«

»Ich verstehe dich nicht.«

»So sehen Sie dorthin.«

Durch die offene Thür schwebte heiter lächelnd Czinna, das Zigeunermädchen, herein, sie hatte ein nettes Spitzenhemd an und ein schwarzgetupftes Tuch: das Festgewand der Erzsike. Der alte Lestyák taumelte zurück.

»Eine feste Burg ist unser Gott!« schrie der Alte entsetzt und kalte Schweißtropfen traten ihm auf die Stirn. »Das Zigeunermädchen! Von dannen, du Gespenst!«

»Es ist ja kein Gespenst, mein lieber Vater, sondern sie selbst.«

»Hole mich der Teufel, wenn ich es glaube.«

Man hörte ein Klopfen an der Thür, nicht als ob der Teufel auf den Lockruf gekommen wäre. Gewiß nicht. Der Senator Máté Pußta trat ein in Begleitung Paul Feketes und Gáspár Permetes.

»Gott zum Gruß! Nehmen Sie Platz bei uns. Was bringen die Herren?«

»Uns sendet die Versammlung vor das Angesicht Euer Wohlgeboren.«

»Bereitwilligst lauschen wir euren Worten,« sagte der Oberrichter würdevoll.

Sie erzählten sonach kurz, was die Versammlung nach seinem Abschied beschlossen habe: »Um den Herrn Agoston geht eine Deputation nach Waitzen, das ist eins (dies ist sehr vernünftig), zweitens aber wird der Kaftan dreißig Tage hindurch öffentlich zur Schau gestellt; jeder kann ihn unentgeltlich bewundern, der Arme, wie der Reiche, der hier Weilende, wie der Fremde, nur der Groß-Köröser zahlt zehn Denare.« (Auch dies ist sehr richtig.)

»Der wichtigste Beschluß aber ist,« fuhr Máté Pußta fort, »daß wir aus der Kirche des heiligen Nikolaus den Reliquienhälter herüberbringen ließen; darin wird der Kaftan versperrt sein bei Tag und bei Nacht. Den Schlüssel sendet die Versammlung Ihnen, Herr Oberrichter, daß Sie darauf achten, wie auf Ihr Augenlicht und ihn an einem Orte verwahren, wohin keine fremde Hand gelangen kann.«

Damit überreichte er den an einer grünen Schnur hängenden Schlüssel dem Oberrichter.

»Ich gehorche der Versammlung.«

Er übernahm den Schlüssel, stand auf, trat zu Czinna und hängte ihr denselben um den Hals.

»Berge ihn an deiner Brust, Czinna.«

Czinna errötete bis über die Ohren; sie zog mit einer unwillkürlichen Bewegung das rote Tuch über die Augen, freilich kamen da rückwärts die knabenhaften kurzen Haare zum Vorschein.

Herr Máté Pußta bewegte, gegen das Fenster sich wendend, seinen großen Kopf; das also ist der Ort, wohin keine fremde Hand gelangen kann. Der schneeweiße Busen eines schönen Mädchens.

Der Schneider rief lebhaft aus:

»*Canis mater!* Der Geselle Laczi.« (Er erkannte ihn an den Haaren.)

Der Oberrichter lächelte.

»So ist es, mein lieber Vater, wenn einmal die Wunder beginnen. Es wird dies einmal zur Chronik werden, wie aus dem Schneidergesellen eine Oberrichtersfrau wurde.«

Die Glorie der Verklärung glänzte auf der Stirn des Mädchens, die magische Kraft seines Blickes vermochte sie aber nicht weiter zu ertragen. Sie glaubte vor Glückseligkeit sterben zu müssen. Ihre Hand ans Herz drückend, stürzte sie aus dem Zimmer. Der Schneider sprang giftig wie ein Hamster in die Höhe.

»Was treibst du für Kabalen mit mir? Wenn du nicht Oberrichter der Stadt Kecskemét wärest, möchte ich dir wohl etwas sagen. Dein Glück dies, wahrlich, dein Glück. Und was bedeuten deine komischen Worte. Was hast du vor?«

»Ich nehme sie zur Frau.«

»Du, zeitlebens Oberrichter der Stadt Kecskemét?«

»Warum nicht?«

Der Alte ließ traurig den Kopf hängen.

»Der Ofner Pascha läßt uns beide umbringen, wenn er es erfährt.«

»Auch gegen den Pascha schützt mich der Mantel. Im übrigen sucht man ja Czinna nicht mehr, da sie sich schon in den Gedanken gefunden haben, daß sie in der Theiß ertrunken sei.«

»Es wird sich schon jemand finden, der es ihm einflüstert. Aber reden Sie doch um Gottes willen, meine Herren, raten Sie ihm ab, stehen Sie doch nicht da wie Holzklötze.«

Auf diese Anrede nahm Gáspár Permete das Wort und redete ihm zu, daß der Herr Oberrichter unter den reichsten Mädchen der Stadt wählen könne; fünfzehn auf jeden Finger, diese niedere Abstammung aber passe nicht zu seinem hohen Rang.

»Das ist nur so gesagt,« meinte Max lachend. »Wie, wenn Czinna von den ägyptischen Königen abstammt?«

»Das, Herr Oberrichter, zu beweisen, würde schwer halten.«

»Genau so schwer, wie Ihnen das Gegenteil, daß sie nicht von den Pharaonen abstammt.«

Permete lachte, auch Máté Pußta lachte; denn die Meinung Máté Pußtas war: »Der Oberrichter weiß schon, was er thut. Man braucht ihm nie dreinzureden.«

Paul Fekete aber nahm die ethische Seite der Sache:

»Eine Oberrichtersfrau kann nicht jede sein, es muß wenigstens eine Person sein, die des Lesens und der Schrift mächtig, in allen Dingen bewandert und dabei eine kluge Person ist.«

»Eh!« meinte Max Lestyák ärgerlich, »der ehrenwerte Seneca meint, es ist genug für die Frau, wenn sie so viel weiß, daß, wenn der Regen tropft, man unter das Dach gehen muß.«

»Hier reden wir wohl vergebens,« rief Herr Permete achselzuckend und einen guten Abend wünschend zog er auch die anderen aus dem Zimmer.

Unterwegs streuten die Herren in drei Richtungen den Roman der Czinna aus.

Es tagten auch heute überall die Klatschbasen.

»Sie hat einen Zauber an ihm verübt, sie hat ihm etwas ins Getränk gemischt, anders ist es unbegreiflich. Es ist entsetzlich, wie fürchterlich so ein kluger Mann straucheln kann.«

Besser noch als den Klatschbasen gefiel die Geschichte dem Balázs Putnoki. Noch in derselben Nacht machte er sich auf den Weg zum Ofner Pascha, um diesem anzuzeigen, daß das Zigeunermädchen lebe. Max Lestyák halte sie verborgen und wolle sie zur Frau nehmen. Er kam aber beim Ofner Pascha merkwürdig an, wie es sich später herausstellte. Dieser hörte ihn an und fragte ihn dann mit gerunzelter Stirn:

»Du behauptest also, daß sie lebt?« – »Jawohl sie lebt.« Der Pascha winkte die Leibgarde herbei. »Führet den Mann hinaus, laßt ihm fünfzig Stockhiebe auf die Fußsohlen geben und bringet ihn dann wieder herein.« Als sie ihn zurückbrachten, frug Ibrahim überaus liebenswürdig: »Nun, lebt das Mädchen noch immer?« – »Bewahre, sie lebt nicht mehr, gnadenreicher Pascha.« Ibrahim rieb sich vergnügt die Hände. »Lerne es, du Mann, daß eine Person, von der ich dem Sultan einmal referierte, daß sie nicht lebt, zum mindesten sechs Fuß tief unter der Erde liegt.«

So erging es dem verräterischen Putnoki, aber ein Glück wie dasjenige Max Lestyáks gehört auch zu den Seltenheiten. In herrlichstem Glanze schien die Sonne auf ihn hernieder. Seine Macht wuchs von Tag zu Tag, sein Ansehen festigte sich auch nach außen.

Kecskemét begann eine große Rolle zu spielen. Der Mantel war ein ganzes Heer wert, das den Feind zügelte. Ein Heer, das keiner Montur, keiner Munition bedurfte, dem nichts schaden konnte, höchstens die Motten.

Die Kecskeméter fürchteten keinen Feind mehr. Im Gegenteil, sie warteten mit vielem Vergnügen auf den Augenblick, wo eine herumstreifende Türkenschaar mit ihnen anknüpfe. Es war dies immer ein großes Amüsement für das Volk. Der Oberrichter zog zu solch' einer Zeit mit dem Rappen der Stadt hinaus, vier Haiducken ritten vor ihm, vier hinter ihm, die Männer, Frauen, Kinder, gar oft die ganze Stadt kamen mit, um den berauschenden Anblick zu genießen, wie die türkischen Führer zum Mantelkusse sich neigten und wie sie den Oberrichter demütig fragten:

»Mein Herr, was befiehlst du?«

Ganze Legenden schwirrten im Lande von dem Zauberkaftan, mit allerlei bunten Anhängseln verziert. – Bald hieß es, daß derselbe in Zeiten der Gefahr spreche und dem Richter Rat erteile, dann erzählte man, daß der Kranke, der ihn berührt, gesundet, die Witwe oder Jungfrau, die ihn küßt, heiratet. Die Klügeren behaupteten, daß der Kaftan kein besonderes Wunder Gottes sei, sondern daß seine ganze Kraft darin bestehe, daß mit der Unterschrift des Sultans der Satz hineingestickt sei: »Gehorchet dem Träger des Mantels.« Herr Michael Lestyák selbst, der das weltberühmte Kleidungsstück fachmännisch betrachtete, meinte verächtlich:

»Daran ist nichts Besonderes. Auch ich nähe einen solchen, wenn ich Lust dazu habe.«

Die Wunderkraft des Kaftans warf ein magisches Licht auf die Person. Max kleidete sich in das farbenprächtige Kleid der Legenden. An schönen Abenden erzählte man von ihm in den Hütten in einer Entfernung von Hunderten von Meilen. Weit unter Szegedin, während der Kahn des Fischers mit leisem Plätschern die Wellen durchschneidet, träumt er selbst: »Was mag wohl der Kecskeméter Oberrichter machen?«

Er ißt goldenen Speck zur Jause mit einem Karfunkelmesser. Der sprechende Kaftan sagte seinem Feind nicht nur: »Hebt Euch weg von Kecskemét,« sondern er sagte auch dem guten Freunde und den glänzenden Kremnitzer Dukaten: »Kommt her nach Kecskemét.« Reiche Leute, edle Herren kamen mit ihren Schätzen hierher, um in der sichersten Stadt zu wohnen; die Eltern sandten am liebsten ihre Kinder dahin, damals erschienen in den Straßen Kecskeméts das erstemal die verschiedenen Studententypen, die seitdem dort bestehen; die Schule blühte, die Bewohner bereicherten sich märchenhaft rasch.

Freilich hat alles seine schlechten Seiten. Der Mantel zeugte das viele Geld, das viele Geld zeugte die vielen Pustenbetyáren und Räuber, die immer wieder Einfälle in das Kecskeméter Gebiet wagten. Jedoch auch jedes schlechte Ding hat seine guten Seiten, der Betyáren wegen verkündete man das Standrecht und da das Komitat sich nicht frei bewegen konnte, wurde das Recht des Blutbannes provisorisch auf den Kecskeméter Magistrat übertragen. Noch ein Haar und Kecskemét wird königliche Freistadt.

Achtes Kapitel

Max Lestyák war Herr über Leben und Tod, und damit sein Ansehen noch wachse, sandte ihm der König den Adel mit dem Prädikate »Von Kecskemét«. Ein Ritter mit einem Kaftan bekleidet, stand auf dem Wappen in silbernem Felde. In der anderen Hälfte des Schildes war auf drei goldenen Kissen ein sich bäumender Fuchs. (Se. Majestät hat dies gut ausgedacht.) Nur noch eines fehlte zur vollen Glückseligkeit: die Hochzeit mit Czinna.

Und auch dieser stand nichts mehr im Wege. Der alte Lestyák hatte sich mit dem Gedanken schon lange befreundet, das kleine Ding wußte ihm alles zu Gefallen zu thun, und wenn sie ihm das Kinn kraute, glaubte er sich ins Himmelreich versetzt. Sie wurde aber auch immer schöner, sie bekam runde Formen und ihr Gesicht war wie der Pfirsich, dessen Blutfarbe selbst die zarte Hülle durchschlägt. Niemand kam ihr gleich in Kumanien. Sie wurde der Liebling, die Vertraute des Alten, er nannte sie »Tochter«, »Schwiegertochter« und redete nun selbst seinem Sohn zu, sich zu beeilen, da er bei Gott sie sonst selbst heirate.

Max tobte vor Ungeduld, wenn das kleinste Hindernis sich offenbarte; wenn aber kein Hindernis war, nahm er die Sache leicht.

Der erste Termin war für den Tag angesetzt, wo er den Ferman des Ofner Pascha erwirkt, denn ohne diesen geht es denn doch nicht, obgleich der Vogel auch dann sein Haus baut, wenn er auch befürchtet, daß grausame Hände es zerstören. Der Ferman kam selbst: er war auf die Sohlen Putnokis geschrieben. Es ist gewiß, daß der Pascha das Mädchen wohl nie mehr behelligt.

»Nun könnt Ihr schon Hochzeit halten!« redete ihnen der Alte zu.

»Warten wir noch, bis das Haar der Czinna wieder gewachsen ist,« antwortete Max. »Auf kurzen Haaren würde sich der Kranz übel ausnehmen.«

Im Laufe eines Jahres wuchs ihr auch das Haar und wie herrlich! Eines Abends löste sie es während des süßen Geflüsters los, denn jetzt trug sie es wie die Damen als Kranz um ihren Kopf gewunden und band die beiden Hände ihres Max mit zwei dicken Flechten fest, wie man die der Häftlinge zu binden pflegt.

»Ein gefesselter Oberrichter,« lachte sie mutwillig.

Max verstand den Wink.

»Wahrlich, die Zeit der Hochzeit wäre schon da, ich erwarte sie schon lange, aber wenn wir uns die Sache überlegen, schadet es nichts, wenn du noch etwas lernst, ich aber will noch vorerst so viel verdienen, um die Frau eines Oberrichters ernähren zu können.«

Der Oberrichter nämlich ließ den hochgelehrten Herrn Molitoriß zum Unterricht der Czinna ins Haus kommen; kaum war aber ein halbes Jahr vergangen, so meinte der würdige Herr:

»Was ich wußte, weiß sie schon.«

Max Lestyák hatte etwas Geld zusammengescharrt, jedoch gerade zu dieser Zeit kam der Adelsbrief. Das Glückskind fing an auf großem Fuß zu leben; die Adeligen der Umgebung schlossen Kameradschaft mit ihm, sie kamen zu ihm zu Besuch und er erwiderte denselben. Czinna vernachlässigte er. Ein Adeliger kann doch nicht immer girren, er macht sich ja lächerlich.

Das elende Pergament hatte ihn wie umgewandelt, wie wenn sein Blut wirklich blaublütiger geworden wäre, wurde er noch launenhafter.

Man sprach allüberall, daß er eine Beniczky heiraten solle, dann würde aus ihm ein Obergespan gemacht werden in irgend einem Komitate Emerich Tökölys, das noch in des Kaisers Händen ist. Doch dies alles ist nur Geklatsch! Die Kecskeméter fabrizieren denselben, seitdem ihr Oberrichter so groß wurde, daß Kecskemét neben ihm klein erscheint.

Ach, wie blutete das Herz Czinnas. Auf der kleinen Holzbank unter dem Birnbaum, wo sie an schönen Sommerabenden so oft flüsterten, wo Czinna so glücklich war, saß Max jetzt selten, oft blieb er Wochen hindurch in den Kastellen, und wenn er auch kam und ihr einige schöne Worte sagte, der Schluß war immer:

»Gieb nur auf deine Worte acht, Czinna, mein Täubchen, sprich nie von jenem Tage, du weißt ja, welchen ich meine, sage nie, daß du dort warst ... vor Olaj Beg, denn sonst bin ich verloren.«

Czinna war es, als wenn man ihr ein Messer ins Herz stieße. Es tauchte in ihr der Verdacht auf, daß sich Max vor ihr fürchte, aber sie nicht liebe; er kettet sie mit dem Brautring nur deswegen an sich, daß er sich ihres Schweigens versichere. Von Tag zu Tag wurde sie trauriger, die roten Rosen verschwanden vom Gesichte, in den Augen fehlte der entzückende Glanz, eine sanfte Melancholie war an seine Stelle getreten.

Schön war sie trotzdem. Der alte Lestyák erschrak; er glaubte, daß sie krank sei, er hatte auch den Grund ihrer Krankheit herausgefunden.

»Kränke dich nicht, trauere nicht, meine kleine Resedablüte. Er liebt dich und glaube mir, wenn ich es sage, er möchte dich auch schon morgen zum Traualtare führen, wenn er nur Geld hätte. Was er aber hat, verspielt er mit den Fáys und Beniczkys. Ich kenne ihn, den Max, er ist voller Dummheiten, aber sein Herz ist gut. Freilich könntet ihr auch bei mir leben, wenn auch ärmlich, du weißt aber, wie verrückt er ist, wenn er den Herrn spielen will; er ißt nicht einmal die Erdbeeren, wenn er sie nicht auf einem silbernen Teller bekommt. Und gerade jetzt leidet er an dieser Krankheit. Lassen wir ihn, bis er seinen Wappenfuchs satt bekommt. Entweder der Fuchs frißt ihn oder er den Fuchs. Im allgemeinen fressen diese Wappentiere sehr viel, meine liebe Czinna.«

Czinna seufzte bei solchen Reden; das schöne Wort war kein Balsam auf ihre Wunde.

»Seufze nicht, lächle doch ein wenig, wie ehedem. Wenn ich reden dürfte, könnte ich dir wohl etwas sagen, daß du Lust zum Tanzen bekämst.«

Geheimnisvoll zwinkerte er mit den Augen und murmelnd mahnte er sich: »Pst, laß deinem Mund nicht freien Lauf, Alter!«

Was dieses geheimnisvolle Ding sein mochte, konnte sich Czinna nicht recht vorstellen. Alles in allem war ihr bloß ein Umstand aufgefallen. Seit einigen Tagen kamen zwei Herren zu Lestyák; spät am Abend kamen sie, lange flüsterten sie mit einander, indem sie sich in die Hinterstube einsperrten, nie erwähnte aber der Alte, was sie wollten, sondern schweigend und zugeknöpft ging er unter den Seinigen herum.

Endlich eines Abends nahm er den Kopf Czinnas in die Hände und wühlte in ihrem dichten schwarzen Haar herum. Es war dies eine seiner Lieblingsbeschäftigungen.

»Freue dich, Czinnchen, freue dich! – Dein Tag ist gekommen, nun wird auch die Hochzeit stattfinden, ich lasse dir eine Ausstattung machen, daß die Fáyschen Fräulein grün vor Neid werden. Lache doch, Czinna, du hast ja so viel Geld, daß deine kleinen Kinder, wenn du welche haben wirst (du mußt deswegen nicht erröten, was schämst du dich meiner Enkelkinder) mit Goldstücken spielen werden.«

Der Alte nahm einen Haufen Gold aus seinen Taschen und ließ diesen vor Czinna funkeln.

»Woher nahmen Sie diesen großen Schatz?« fragte erstaunt das Mädchen.

»Was ist dies mit dem übrigen gemessen? Horch auf, mein Kind, ich will dir alles erzählen. Für dich thue ich dies, was ich thue, einerseits, weil ich weiß, daß Max dich ohne Geld nicht heiraten kann. Einerseits, sage ich, dann spielt auch meine Eitelkeit mit hinein. Ich will ein Kleid hinterlassen, daß die Schneider auch nach tausend Jahren erzählen sollen: ›Es lebte ein Mann, Namens Mathias Lestyák, der machte dieses Kleidungsstück.‹«

»Ich ahne nicht einmal, wovon die Rede ist.«

Der Alte fuhr flüsternd fort:

»Zwei fremde Herren kamen zu mir, du kanntest sie ja schon, ein kleiner Dicker und ein Goliath. Sie kamen in Vertretung einer Stadt, den Namen derselben verschwiegen sie auch vor mir. Ich fragte sie nicht, es ist mir ja gleichgiltig, welche es ist. Sie suchten mich, wie gesagt, auf und sagten: ›Meister, Schneider der Schneider, unter allen Schneidern der größte! Wir suchten dich auf, um dich reich und unsterblich zu machen.‹ ›Was wollt ihr?‹ ›Nähe uns einen Kaftan, gleich jenem der Stadt Kecskemét, er soll aber dem anderen vollkommen ähnlich sein, wie zwei Eier oder zwei Weizenkörner einander gleichen; bist du dies im stande?‹

›Meine Nadel näht alles,‹ antwortete ich, ›was mein Auge erblickt.‹«

Czinna zog sich fröstelnd zum alten Schneider hin ...

»Und worin kamen Sie überein?«

»Wir wurden handeleins. Nach vielem Hin- und Widerreden bestimmten wir, daß sie fünftausend Goldstücke zahlen, fünfhundert gaben sie mir im voraus, alles wird dir gehören, mein Kind.«

»Können Sie ihn aber auch so nähen?«

»Ich?« Und seine Augen flammten. »Geh' du Närrin! Wofür hältst du mich denn? Es wird eine Prachtarbeit sein, wenn ich es dir sage.«

»Wird aber kein Unglück geschehen?« fragte das Mädchen furchtsam.

Der Alte lachte.

»Was könnte denn passieren? Die andere Stadt wird nun auch einen Kaftan haben, dies ist das Ganze. Und dann, daß der Türke, der jetzt vielleicht zweihundert Städte plündert, gezwungen sein wird, sich mit hundertneunundneunzig zu begnügen. Hungers wird er deswegen nicht sterben.«

»Richtig, richtig,« meinte Czinna zerstreut.

»Du, mein Kind, giebst mir den Schlüssel und davon braucht niemand etwas zu wissen: ich will mir dann den Kaftan besehen, ihn genau prüfen und studieren; alsdann fertige ich rasch wie der Wind ein getreues Ebenbild desselben an und nachher soll es eine Hochzeit geben, wie sie wohl noch nicht erlebt wurde. Hei, wie sollen deine zarten Füßchen im Brautreigen hüpfen.«

Solchermaßen wurde alles aufs Genaueste ausgeklügelt: was für ein Brautkleid es geben, wie der Kranz und das Schuhwerk beschaffen sein werden, wie sie dem Max viertausend von den fünftausend Dukaten geben wollen: »Da, nimm, und wirf deinem Weibe nicht vor, daß es dir nichts mitgebracht habe.« Daraufhin werde er fragen: »Wo habt ihr das her?« Sie aber werden antworten: »Wir haben es gefunden auf der löcherigen Brücke.« Und zuletzt, da wollen sie ein Erbschaftsmärchen ersinnen und damit bricht eine Zeit ewiger Glückseligkeit für alle an.

Czinna ward heiter, lachte, klatschte sogar in die Händchen, so unbändig gefiel ihr das Zukunftsbild, das ihr von Lestyák vorgegaukelt worden. Andern Tags erschloß sich dem alten Schneider dank dem Schlüssel Czinnas der Eisenschrank im Stadthause: er besichtigte nochmals genau den Kaftan und ging sodann nach Szegedin, um bei den vornehmen türkischen Kaufherren, die dort lebten, alles Zubehör, so den feinen dunkelgrünen Sammet, die Schnüre und den Bärenpelz für das Futter einzukaufen. Und so wie das alles gekauft war, ging er mit der Fieberhast des Schöpfungsdranges an sein Werk.

Das war aber keine geringe Aufgabe. Alle Abende holte er heimlich unter seinem Oberkleide den Kaftan, um diesen am Morgen auf die gleiche Weise an seinen Platz zurückzuschmuggeln. In die Stube des Oberrichters hatte er freien Zutritt; darum fiel es auch niemandem auf, daß er so oft kam und ging. Vielleicht hatte ihn der Oberrichter nach etwas gesandt?

Vom Abend bis zum frühen Morgen arbeitete er, eingeschlossen in seiner hintersten Stube, mit der Inspiration und der Leidenschaft eines Künstlers. Zuweilen erweckte er Czinna aus ihrem nächtigen Schlafe, um ihr die einzelnen Stücke zu zeigen, die allmählich die Formen des herrlichen Originals anzunehmen begannen. Seine Augen flammten, seine Stirn glühte, seine Nüstern bebten und die Stimme zitterte vor freudigem Hochmut:

»Schau, hier diese Ärmel, den Kragen, schau!«

Und erst als nach vierzehn Tagen die Kaftankopie bis zum letzten Stiche fertig ward, da füllte sich ihm das Herz mit süßen Empfindungen:

»Kann es ein herrlicheres Werk auf der weiten Erde geben?«

Es war eben Nachtzeit. Die Hähne krähten. Der Schneider blickte zum Fenster hinaus. Für Mitternacht hatte er seine Leute hinbestellt und die lauerten jetzt in der Umgebung, bis er den Kaftan fertigstellen würde. Der Hofhund Bodri fing an, das Gekrähe mit seinem Gekläffe zu beantworten: Aha, der wittert Menschen. Und in der That, sie kamen. Der Schneider ließ sie ein.

»Blicket hin!«

Ein Ausruf der Bewunderung entrang sich ihren Lippen. Auf dem Bett lagen zwei goldige Kaftans ausgebreitet, und die waren einander so gleich, wie zwei Eier oder zwei Weizenkörner.

»Und was meint ihr dazu?« fragte der Meister.

Der Eine sprach:

»Fürwahr, du bist der Schneider aller Schneider, der größte Schneider aller Zeiten.«

Der Andere sprach nichts, sondern griff nach seinem großen Gürtel und goß einen Haufen Goldstücke mitten auf den Tisch.

»Es sind genau 4500 Stück. Zähle sie nach, Meister, so du mir nicht glauben willst.«

»Der Teufel mag's zählen! Nicht für Geld, sondern um des Ruhmes willen habe ich gearbeitet.«

»Welchen sollen wir mitnehmen?« fragte der Goliath, auf die beiden Kaftans weisend. »Welcher ist der unsere?«

Lestyák stand zaudernd am Bette. Er dachte bei sich:

»Soll ich ihnen m e i n Werk geben? Und es niemals, niemals wiedersehen? Sie entführen es dann, weiß Gott wohin, und nie wieder werde ich seine Schicksale erfahren. Und dann erfaßt mich eine quälende Sorge, was aus ihm geworden sei? Ich sehe den Türken nicht, der sich davor zur Erde beugt, vor meinem Werke, um es zu küssen, mein Werk! Nein, nein! Der Erfolg kann nicht ausbleiben. Das Werk ist vollkommen. Ich will es immerdar vor meinen Augen haben, mich berauschen an seiner Herrlichkeit!«

»Ei, warum bezeichnet Ihr uns nicht endlich den neuen?« polterte der Goliath ungeduldig.

»Und Ihr, warum steift Ihr Euch just auf den neuen?«

»Weil ich weiß, daß Ihr mir den bestimmt habt.«

Lestyák sprang verletzt auf.

»Nein, nein,« stammelte er heiser ... »Und justament sollt Ihr den alten wegtragen, den alten, den echten. Der neue ... der soll den Kecskemétern bleiben.«

Der Goliath nahm das Kleid und barg es hurtig unter seinem Mantel. Die Thür ging auf und fiel gleich wieder ins Schloß. Die beiden Gestalten entschwanden in der nächtigen Dunkelheit.

Der Alte ging zu Bette, aber kein erquickender Schlaf wollte über ihn kommen. Ihn quälten böse Traumgesichter. Die Dukaten, die er allesamt in einen Korb gefegt und unter das Bett gestellt hatte, fingen an auf dünnen Spinnenfüßen die Wand emporzuklettern: »Heda, ihr Spinnen, husch hinab vom Gemäuer!« Ein Goldstück sprang ihm auf die Brust und tanzte dort einen tollen Reigen. »Ei, na warte doch, dich soll ich bald haben.« Er haschte nach der Münze, doch es war unmöglich, sie zu fangen, obgleich ihre kalten Füße ihn stachen und ihn schaudern machten, als ob sie Stecknadeln mit Eisspitzen wären, daß ihm die Zähne zu klappern begannen.

Dann schien es ihm wieder, daß ein kichernder Satan das teuflische Gold ergreift, es in einem Kessel schmilzt und dann in sein Ohr gießt, die heiße Flüssigkeit durchläuft seine Adern und sprengt seine Schläfe. Und während sein Blut heftig kocht, rufen ihm entsetzliche Stimmen zu: »Lestyák, was hast du gethan, ach was hast du gethan!«

Er sprang auf, kleidete sich an, drückte seinen Kopf an die Fenstertafel und erwartete den Morgen. Er fühlte eine große Beklommenheit, traute es sich aber selbst nicht einzugestehen. Ah! Es ist ja alles in Ordnung. Die Sache ist sicher, ganz sicher. Er trug den Kaftan in die große Eisentruhe des Stadthauses, dann ging er in die Schlafkammer von Czinna, um ihr den Schlüssel zu übergeben, wobei er ihr ins Ohr flüsterte:

»Alles ist gut, mein Herz, dort unter dem Bette wiehern schon die Goldfüchse. Wir haben etwas, was wir vor den Hochzeitswagen spannen.«

Vergebens strengte er sich an, ruhig zu sein; sein verstörtes Gesicht widersprach dieser Ruhe. Er konnte nirgends seinen Platz finden.

Wie die betäubte Fliege taumelte er hin und her, bis er endlich bei seinem Sohn eintrat, wo er schon den Haiducken Pintyö mit einem Briefe vorfand.

Der Oberrichter sah sehr gut aus, sein Gesicht glänzte vor Lebenslust. Gerade jetzt war er mit dem Ankleiden fertig geworden.

Auch der Anzug war ganz anders, als ehedem, ganz für einen Edelmann passend; statt des Dolmans ein Attila mit geschlitzten Ärmeln, im Schlitz mit weichselroten Seideneinsätzen.

»Guten Morgen, mein Vater! Was giebt es Neues?«

»Ich wollte dich um etwas ersuchen.«

»Dem Kecskeméter Oberrichter befiehlt nur ein Mann in ganz Kecskemét.«

»Meinst du mich?«

»Sie haben es erraten. Nun, was befehlen Sie?«

»Eine Kleinigkeit, blos eine Laune. Wenn demnächst eine feindliche Truppe nach Kecskemét kommt, möchte ich derselben im Kaftan entgegengehen.«

»Ei Teufel! Kein schlechter Spaß. Er kommt auch mir gelegen, denn ich hätte heute ohnehin einen anderen senden müssen.«

»Ist etwas los?« frug der Schneider hastig.

»Eine Truppe des Großveziers Kara Mustafa lagert unweit seit Mitternacht. Sie gehen von Belgrad nach Kékkö und haben um Proviant hereingeschickt. Gerade ihren Brief brachte Pintyö.«

»Prächtig!« rief der Schneider begeistert aus. »Ich gehe ihnen entgegen.«

»Sehr gut. Pintyö, lassen Sie für meinen Vater ein Pferd satteln.«

»Welches? Den Büßke?«

»Der Ráró wird vielleicht besser sein, er ist frommer. Heute könnte ich nicht gehen, wir halten Gericht. Denken Sie, mein Vater, der Kläger ist niemand Geringerer als der Kalgaer Tartaren-

Sultan. Einige Kecskeméter Burschen haben eine Schafherde weggetrieben und die vier Wache habenden Tartaren weidlich geprügelt. Einer von ihnen starb sogar.«

»Die verkehrte Welt!«

»Das Schönste an der Sache ist,« – fuhr der Oberrichter fort – »der Nimbus der Stadt Kecskemét zwingt den Kalgaer Sultan dazu, nach unseren Gesetzen das Recht zu beanspruchen, anstatt Genugthuung zu nehmen nach seiner Laune. Auch dies hat nur der Kaftan verursacht. Aber halt, beinahe hätte ich es vergessen, warten Sie nur, Pintyö. Vor allem gehen Sie auf den Marktplatz und holen Sie vier zu Richtern passende Personen, es können unter ihnen auch Türken sein, wenn es sich gerade so trifft.«

Es war der erste Markttag (denn seitdem der Kaftan da ist, hat Kecskemét auch seine Märkte zurückerlangt), der alte Pintyö guckte in die Hütten, lief den gutgekleideten Leuten nach und wenn er eine angesehene Person erwischen konnte, leierte er die Formel her:

»Im Namen des wohledlen Herrn Max Lestyák, Oberrichter der Stadt Kecskemét! Es sei Euch, mein guter Herr, die Ehre gegeben und möge es Euch nicht zu Lasten sein in unserem bescheidenen Gemeindehaus, um dort weise und gerecht Recht zu sprechen über unsere Völker. Ungehorsam zu sein, wäre nicht angeraten.«

Bald hatte er den gelehrten Paul Börcsök aus Szegedin, den geistvollen Franz Balogh aus Szentes engagiert, er fand den letzteren in der Laczikonyha schon beim sechsten Glas. (Jedoch auch so wird er gut sein.) Dann zitierte er den Czegléder Lebzelter Stefan Torda und weil der Oberrichter auch von Türken sprach, nahm er den langbärtigen Mollah Cselebit aus Ofen mit, der Astrachen verkaufte und der jene Städte, wo man den Kadi mit Stricken fängt, in des Teufels Umarmung wünschte. So seinen Auftrag verrichtend, ging er in den Stall des Stadthauses, putzte, kämmte den Ráró, fütterte ihn mit etwas Hafer, dann legte er ihm den Sattel auf und ließ zu den Lestyáks hinübersagen, daß der alte Herr kommen möge.

Der alte Lestyák eilte mit leichten Schritten aufs Stadthaus, wo das Gericht schon versammelt war, der Oberrichter hatte noch zwei Senatoren hinzugesellt, den Gabriel Poroßnoki und Agoston Kristof, er selbst führte als Siebenter den Vorsitz. Als er seinen Vater erblickte, sandte er Pintyö mit dem Stadtsiegel zu Czinna um den Schlüssel, dann nahm er den Kaftan aus der Eisentruhe und zwei Senatoren halfen dem alten Herrn, ihn anzuziehen. Dies war die amtliche Zeremonie.

»Gehen Sie, Vater, in Gottes Namen.«

Draußen setzte dieser seine Füße in den Steigbügel, er warf sich in die Brust, den Kopf nach rückwärts lehnend, wie ein echter Ritter. Die fremden Marktgäste liefen neugierig hin, um den Vater des mächtigen Oberrichters zu sehen, auf dessen dünnem Körper der weltberühmte Mantel saß. Die Kecskeméter Bürger lüfteten lächelnd die Hüte, die Kinder schrieen:

»Vivat, Vivat, Lestyák bácsi!«

Einige flüsterten neidisch:

»Glücklicher Vater, glücklicher Mensch!«

Und wahrlich, jetzt war er glücklich. Mit ganzer Lunge atmete er die balsamische Luft ein. Der Ráró tanzte stolz unter ihm. Von den kleinen Gärten vor den Häusern lachten ihn die Jasmine und Lilien an, aus dem eigenen Fenster winkte ihm Czinna mit einem weißen Tuche. Seine Unruhe verschwand, er war weder müde, noch aufgeregt. Die Furcht des Soldaten vor der Schlacht weicht in der Schlacht. Und er war jetzt dort im Feuer, er glaubte den Ton der Trompeten zu hören: »Vorwärts, auf zum Triumph!«

Während nun seine Gestalt im Staube des Weges verschwand, saßen die Senatoren und der Oberrichter ruhig beisammen, hörten den Thatbestand von der Forttreibung der Schafherde an, so auch die langweiligen Vorträge der Zeugen und Kläger. Nicht selten mengte sich ein Gähnen der edlen Herren in das wüste Gespräch.

Daß vor der Stadt ein hungeriger Feind stand, alterierte die Herren wenig. Schneckenblut! Der Feind ist jetzt eine laufende Angelegenheit, wie etwa wenn man ein Marktweib zur Ordnung weisen muß. Hierzu bedarf es eines Mannes und eines Stockes, dazu eines Mannes und eines Kaftans.

Nur der Oberrichter bewegte sich unruhig in seinem Sessel, seitdem im Saal in Vertretung des Kalgaer Sultans Olaj Beg erschien, mit seinem Falkenblicke die Richter musternd, und frug, welcher von ihnen der berühmte Oberrichter Max Lestyák sei – worauf Agoston mit seinem Ellbogen zur Tischspitze wies ...

»Das ist nicht möglich,« murmelte Olaj Beg kopfschüttelnd.

»Und doch bin ich Max Lestyák,« meinte der Oberrichter mit tonloser Stimme.

Der große Beg murrte verdrießlich:

»Entweder flimmerte es vor meinen Augen, als wir vor dritthalb Jahren in meinem Lager zusammen trafen, oder es wurde der Kopf Euer Hochedlen seitdem vertauscht.«

»Ja, man wird älter, es ist alles umsonst.«

»Im übrigen habe ich Euch einen Brief gebracht. Den Brief hat der Kalgaer Sultan geschrieben, mit honigsüßer Feder:

›Mein lieber Sohn, tapferer Max Lestyák!

Bestrafe, ich bitte dich, die bösen Wölfe, denn wenn du kein abschreckendes Beispiel schaffst, so glaube mir, stehlen deine Leute mir noch den Turban vom Kopfe. Ich würde es gern sehen, wenn du mir einen Korb Köpfe senden würdest (die Räuber langen auch für zwei). Schon lange habe ich mich an abgeschnittenen Kecskeméter Köpfen nicht ergötzt. Meinen Abgesandten Olaj Beg, der Euch die nötigen Aufklärungen geben wird, haltet hoch in Ehren.

Ich bleibe dein mächtiger Herr und Freund, der

Krimer Vizekhan (Kalgaer Sultan)‹.«

Lestyák überflog den Brief zerstreut, verwirrt, dann schob er ihn den Richtern hin, damit diese sehen sollen, wie heikel die Potentaten mit dem Kecskeméter Oberrichter umgehen.

Unterdessen bemerkte er, bis über die Ohren rot werdend, den forschenden Blick Olaj Begs, der immer auf ihm ruhte. Er saß auf Nadeln unter unangenehmen Gefühlen; hierzu gesellte sich die Stunden andauernde Flut der Geständnisse, der Dunst des Saales. Ein Schwindel überkam ihn und gerade wollte er den Vorsitz an Poroßnoki abgeben, als draußen ein Entsetzensschrei laut wurde und sich durch die Gassen wälzte, immer näher und näher kommend, die Fenster erschütternd.

Die Richter liefen entsetzt zum Fenster und taumelten totenbleich zurück. Der Ráró lief wild gegen das Stadthaus, auf ihm saß niedergebunden der alte Lestyák mit dem Kaftan – aber ohne Kopf. Aus dem Rumpfe tropfte das Blut. Das Pferd und der Kaftan waren mit Blut bedeckt.

Neuntes Kapitel.

Die Haare Poroßnokis standen zu Berge.

»Entsetzlich!«

Der Oberrichter fiel mit dem Gesichte auf den Tisch und schluchzte.

»Unfaßbar!« bemerkte Olaj Beg, als man ihm erklärte, daß der Alte im Kaftan bei einer Truppe des Großveziers war.

Herr Agoston befaßte sich mit dem Oberrichter.

»Kommen Sie, mein edler Herr. Lösen wir den Gerichtshof auf. Auch die Grenzen der Pflicht übersteigt der große Schmerz, der Sie betroffen.«

Max schauerte zusammen und wischte die Thränen aus den Augen.

»Ich bin stark. Keinen Schritt weiche ich von hier, bis ich nicht Rache genommen habe für meinen Vater. Dies hat man nicht im Türkenlager gethan.«

Sofort befahl er, daß man den Leichnam nach Hause trage und denselben wasche. Zwei berittene Trabanten aber sollten die Blutspuren verfolgen, bis sie den Kopf und die Erklärung des Rätsels fänden.

»Den Kaftan nehmet ihm ab und bringet ihn herauf,« ergänzte Poroßnoki die Ordre.

Nach kurzer Zeit brachte Pintyö weinend den blutigen Mantel. Olaj Beg und Mollah Cselebit sprangen in die Höhe und eilten den Saum zu küssen, als sie aber näher kamen, verzog der Beg sein häßliches Gesicht.

»Bei Allah, das ist nicht der echte Kaftan! Es fehlt das Zeichen des Scheik–ül–Islam.«

Mollah Cselebit legte seine Hände über die Brust und wiederholte gedankenvoll:

»Das ist nicht das heilige Kleid.«

Die Kecskeméter Bürger, die unter den Zuhörern saßen, sahen erstarrt den Oberrichter an.

»Verrat!« rief Kristof Agoston.

Franz Kriston sprang von der Zeugenbank auf und stellte sich vor den Oberrichter.

»Verantworten Sie sich! Der Schlüssel war Ihnen anvertraut.«

»Ich weiß von nichts,« sagte der Oberrichter gereizt. (Er war wie das Eisen: desto härter, je mehr man es schlägt.)

»Welch' großer Schlag, welcher Schlag für Kecskemét!« rief Poroßnoki die Hände ringend.

Wie der weggeschleuderte Stein, so schwirrten die Stimmen in der Luft: »Tod dem Schuldigen!«

»So ist's! Auch ich werde es aussprechen.«

Zwischenrufe wurden laut.

»Er gehört nicht auf den Präsidentenstuhl, sondern auf die Anklagebank.«

»Ruhe!« schrie der Oberrichter und klirrte mit dem Säbel, der, seitdem er geadelt wurde, immer vor ihm auf dem Tisch lag. »Hier sitze ich im Präsidentenstuhl und hier bleibe ich. Ich will sehen, wer sich zu rühren getraut, wenn der Oberrichter von Kecskemét Ruhe gebietet.«

Nur auf den Friedhöfen herrscht eine solche grauenhafte Stille, wie sie nun eintrat.

»Wer ist der Elende, der seinen Stachel gegen mich ausstreckt? Wenn ich gewußt hätte, daß der Mantel nicht der echte ist, hätte ich in demselben meinen eigenen Vater gesendet? Das Ding ist unbegreiflich. Gott hat es gefallen, eine Prüfung zu senden über Kecskemét, jedoch verzagen wir nicht, denn was immer auch geschehe, noch herrscht hier eine starke Hand. Deswegen, mein lieber Herr Senator Kriston, eilen Sie sofort und tragen Sie den Türken nach Talfája die verlangte Brandschatzung, damit nicht aus zwei Übeln drei werden.«

Kriston ging sofort, bevor er aber noch zur Thür gelangt war, öffnete sich diese mit großem Geräusch und herein stürzte Czinna. Sie war weiß, wie eine Lilie, ihr Gang unstät, aus ihren schönen Augen stürzten Thränen.

»Was suchst du hier?« fuhr sie der Oberrichter an, seine Brauen zusammenziehend. »Geh' nach Hause weinen!«

»Hier ist mein Platz!«

Und sie stürzte in die Knie. Ihr roter, unten mit Spitzen versehener Rock hob sich ein wenig in die Höhe und ließ ihre entzückenden Knöchel sehen.

Olaj Beg schleuderte den Sessel von sich.

»Das ist sie, das ist sie! Mein Herr Max Lestyák, sehen Sie sich diese hier an. Dieses Mädchen war bei mir im Lager. Nie erblicke ich Mekka, wenn es nicht wahr ist.«

Poroßnoki und Agoston richteten ihre Augen starr auf den Oberrichter, der merklich verlegen wurde und bis über die Ohren rot war. Dies war seine schwache Seite. Nun fing er an, die Energie zu verlieren. Czinna beugte traurig den Kopf.

»Nie sah ich dich, guter Mann.«

Der Oberrichter warf ihr einen dankbaren Blick zu, wie wenn er sagen wollte: »Du hast mich nur wiedergegeben,« dann zischte er zwischen den Zähnen: »Alles fällt, stürzt, es war alles verfehlt.«

»Was willst du, mein Kind?« fragte jetzt der Szenteser Franz Balogh. »Warum stehst du nicht auf?«

Der Brust des Mädchens entrang sich ein krampfhaftes Schluchzen.

»Ich bin an allem Schuld. Ich bin die Schuldige. Ich habe den Schlüssel der Eisentruhe dem Vater Lestyáks gegeben, da zu ihm aus einer fremden Stadt Leute mit der Bitte kamen, er möge ihnen einen Mantel, wie der unsrige ist, für fünftausend Goldstücke nähen.«

Ein gefahrdrohendes Gemurmel folgte diesen Worten. Der Oberrichter wendete sein bleiches Antlitz gegen die Wand. Auf diesen Schlag war er nicht vorbereitet.

»Wie konntest du dies thun?« schrie Poroßnoki, »sei aufrichtig, die Aufrichtigkeit kann deine Sünde mildern.«

Czinna drückte ihre Hände aufs Herz, ihre langen Wimpern schlossen sich. Sie glaubte vor Schande vergehen zu müssen und doch mußte sie es sagen in dieser traurigen Stunde.

»Weil ich liebe, ich liebe Max Lestyák mehr als mein Leben, mehr als diese Stadt. Der Alte hat viertausend Goldstücke für mich bestimmt, damit sein Sohn, der seit dritthalb Jahren mit mir im Brautstand lebt, mich zur Frau nehme. Er hat es bisher nicht gethan, weil wir beide arm sind. Ich habe seinen Worten Glauben geschenkt und ihm den Schlüssel übergeben.«

Ihr bleiches Gesicht rötete sich, aus der weißen Lilie wurde eine Rose, aber nur auf eine halbe Minute.

»Welcher Skandal!« brüllte Herr Agoston. »Wenn ich nur bis an mein Lebensende in Waitzen geblieben wäre.«

»Was dann?« fragte Poroßnoki unruhig.

Der Oberrichter faßte krampfhaft die Sessellehne, die Welt drehte sich im Kreise, vor seinen Augen tanzten die winzigen Buchstaben, die der Schriftführer aufs Papier warf. Seine Lippen biß er blutig: »Nur jetzt noch, nur eine halbe Stunde noch soll ich keine Schwäche zeigen.«

»Und dann?« nahm Czinna das Wort mit ersterbender Stimme. »Ja, dann. Was geschah mir? (Mit ihrer Hand rieb sie ihre marmorglatte Stirn.) Er ging zur Eisentruhe, bei Nacht nahm er den Kaftan mit und nähte dann einen ähnlichen. In der vergangenen Nacht nahmen ihn die Besteller mit.«

»Alles ist klar,« murmelte Poroßnoki. »Er war ein stolzer Meister und glaubte, wollte es zeigen, daß beide gleich sind. Und heute zog er ihn an, damit er die Wirkung seines Prachtwerkes genieße.«

»Und wer waren die Besteller?« frug der Szegediner Börcsök. Er dachte bei sich: »Ob es nicht die Unserigen waren?«

»Ich weiß es nicht,« antwortete Czinna. »Auch der Entseelte wußte es nicht. Das Ganze geschah im Geheimen. ›Eine weit liegende Stadt‹, mehr sagte er mir nicht.«

»Die Stadt müssen wir auffinden,« meinte Herr Agoston traurig.

»Wir werden sie finden,« sagte mit dumpfem Ton der Oberrichter. Dies war sein erstes Wort während des Geständnisses.

»Dies wird der Fall sein, wenn es eben der Fall sein wird,« meinte Herr Permete mit bitterem Ton, »jetzt aber sind Sie ein Mann beim Urteilsspruche, wenn Sie es zu sein vermögen.«

Es war nicht anders, als wenn Herr Permete frisches Blut in seine Adern gegossen hätte. Ihn, Max Lestyák, fordert man auf, ein Mann zu sein! Seine Augen sprühten Funken.

»Das werde ich auch sein,« sprach er rauh und zog ein mit Siegel versehenes Dekret aus der Tasche. Er stand auf und begann feierlich zu lesen: »Wir Leopold I. von Gottes Gnaden Kaiser von Österreich ....«

Seine Stimme versagte, sie wurde zum Röcheln, seine Hände zitterten, nach Luft schnappend reichte er das Dekret Herrn Agoston hin.

»Lesen Sie es vor!« Dann setzte er matt hinzu: »Ich bin ja auch nur ein Mensch!«

Wie wenn es ihm aber leid thäte, dies gesagt zu haben, rief er Pintyö zu:

»Man muß die Fenster öffnen. Mir ist nicht gut .... Die erstickende Atmosphäre!«

Herr Agoston verlas unterdessen das königliche Dekret, das auf Diebstahlsfakten und auf Verrat das Standrecht für das Gebiet der Stadt Kecskemét verkündete und den Magistrat von Kecskemét mit dem Blutbannrechte bekleidete.

Es folgt die Abstimmung.

Dem Herrn Poroßnoki gehört das erste Votum:

»Dieses Mädchen hat die Stadt verraten. Ich verurteile sie zum Tode durch das Schwert.«

Nach ihm folgte Herr Börcsök.

»Schwert!« sagte er kurz.

Mollah Cselebit sagte:

»Sie hat es aus Liebe gethan. Sie ist nicht schuldig.«

Nun kam an Herrn Franz Balogh die Reihe:

»Sie wußte nicht, daß für die Stadt ein so entsetzliches Unglück daraus erwachsen konnte. Sie thue Buße.«

Es herrschte eine Stille, daß man das Pochen der Herzen, das Schwirren eines zum Fenster hereingeflogenen Schmetterlings hören konnte. Zwei Voten verlangten den Tod, die beiden anderen beließen das Leben. Es folgte in der Abstimmung der Czegléder Lebzelter, er dachte lange nach, aus seiner Stirn perlte der Schweiß.

»Es wird ein wenig Kerker auch genügen,« stöhnte er.

Diejenigen, deren Herz voller Teilnahme für das Mädchen war, atmeten frei auf, sie wollten nicht, daß diesen herrlichen Hals das Richtbeil vom Körper trenne. Nur Herr Agoston war noch zurück.

»Tod!« rief er rauh.

Wieder standen die Voten gleich. Der Präsident hatte zu entscheiden. Welch' fürchterliche Scene! Der Oberrichter erhob sich mit bewundernswürdiger Seelenruhe: elastisch dehnte sich seine Gestalt, er nahm den neben seinem Säbel liegenden Stab zur Hand, und drehte an demselben. Der Stab krachte; er war entzweigebrochen.

»Tod!« sagte er vernehmbar und ruhig.

Das Mädchen sah ihn entsetzt an, dann stürzte sie mit einem markerschütternden Aufschrei zusammen. Aus den Reihen der Zuhörer tönte Gezisch mit Eljenrufen untermengt.

»Er ist doch ein großer Mann!« flüsterten die Kecskeméter einander zu.

»Ein schlechter Mensch!« murmelte Mollah Cselebit.

Der Oberrichter kümmerte sich um all' dies nicht, er verließ den Richtertisch, jetzt verpflichtete ihn nichts mehr. Er beugte sich über seine Geliebte, hob sie auf, küßte sie und flüsterte ihr ins Ohr:

»Befürchte nichts, ich rette dich.«

»Er hat zwei Herzen,« meinte Herr Permete zu seinen Kameraden.

Und der Mann mit den zwei Herzen verließ den Saal mit sicheren, männlichen Schritten, wie wenn nichts geschehen wäre, dann ging er nach Hause, sperrte sich mit dem geköpften Leichnam ins Zimmer ein und redete stundenlang zu demselben:

»Warum hast du das gethan, warum hast du es gethan? Schau, welch' Unglück du auf dich, auf mich und auf sie heraufbeschworen hast. Du warst kein schlechter Mensch, ich weiß es wohl .... Der Ehrgeiz war dein Henker. Man hat in dir dieses ungarische Ungeheuer erweckt. Aus Ehrgeiz hast du den Kaftan gemacht, aus Ehrgeiz hast du den unsrigen weggegeben. Du hast auch das arme Mädchen mit hineingerissen, wenn du nur dies nicht gethan hättest, ihr Herz war der Hebel. Du hast ihn gefunden. Alles zerfiel. Hier stehe ich gebrochen ... Ich konnte den Schatz nicht ermessen, welchen ich in jenem Mädchen besaß ...«

Dann verfügte er sich in das andere Zimmer und suchte den großen mit Gold gefüllten Korb hervor ...

»Da nimm's hin, Erzsi! Gehe in den Garten und streue es unter das Volk!«

Das weinende Mädchen gaffte und staunte, gehorchte aber dann dem mächtigen Oberrichter der Stadt und streute die funkelnden Dukaten mit vollen Händen in den Sand der Straße, in die Furchen, zwischen das Gestrüpp. Der Oberrichter sah eine Weile vom Fenster aus dem Treiben der Leute zu, wie sie um das Gold drängten und balgten.

Als aber Erzsi zurückkehrte, war er nicht mehr da. Er war nirgends. Wann er weggegangen, wohin er gegangen, niemand, niemand hatte ihn gesehen. In Kecskemét hat keine Seele mehr mit ihm gesprochen.

Für den vierten Tag war Czinnas Enthauptung anberaumt worden.

Drei Tage brachte sie in der Armesünderzelle zu. Sie betete vor dem Kruzifix, auf welchem Tag und Nacht der Glanz zweier Wachskerzen flimmerte.

Diese Zeit reichte für alle Vorbereitungen hin. Die Zimmerleute erbauten das Blutgerüst gegenüber dem grünen Thore des Stadthauses; Paul Fekete war als Vertrauensmann damit beauftragt worden, den Scharfrichter aus Fülek zu holen. (Die Senatoren hatten anderes zu thun, sie forschten in den Kecskeméter Teichen nach dem verschwundenen Oberrichter.)

Endlich am vierten Tage, als von dem Turme der St. Nikolauskirche die neunte Stunde schlug, entstand eine große Bewegung in der versammelten Volksmenge. Es erklang die Armesünderglocke.

Jetzt bringt man Czinna auf den Richtplatz. Sie ist mit einem einfachen weißen Rock bekleidet, welchen fast ganz das aufgelöste lange Haar bedeckt.

Dem wird gleich Gáspár Szekeres, der Barbier abhelfen. Flugs war er mit seiner Scheere zur Verurteilten geeilt und mit einem Schnitt war es um das schöne Haar geschehen ... damit's den Scharfrichter nicht in seiner Arbeit hindere. Dann stellte sich Franz Kriston auf einen Stuhl und verlas das Todesurteil.

Nun ergriff Pater Bruno das Mädchen bei der Hand, um es auf das Podium zu führen, wo der Scharfrichter wartete, das scharfgeschliffene Richtschwert in der einen, die weiße Binde in der anderen Hand haltend. Damit werden ihr die Augen verbunden.

»Entsetzlich, das mit anzusehen!« sprach Frau Paul Nagy und schloß die Augen.

»So schön und sie muß sterben –« seufzte Gerson Zeke.

»Noch einen Augenblick,« erklärte Frau Fábián, »– und es giebt ein heiratsfähiges Mädchen weniger.«

»Die sind noch immer dicht genug gesäet,« meinte Johann Szomor.

»Noch nie habe ich eine solch' traurige Exekution mit angesehen,« sagte Stefan Tóth mit wichtiger Miene, »und doch habe ich schon viele gesehen. Erstens giebt es kein einziges nasses Auge. Auch der alte Bürü ist schon eine ganze Woche fort mit seiner Fiedel. Zweitens ist in diesem Falle von nirgendsher das Wehen des Gnadentuches zu erwarten; drittens ....«

Er hatte keine Zeit, den begonnenen Satz auszusprechen, denn eine große Staubwolke entstand auf der Czegléderstraße, schmucke Kuruczen-Hußáren mit gezogenem Säbel stürmten mit großem Schlachtenlärm zum Richtplatz heran. Voran einige mit herabgelassenem Helmvisier, auf schönen Pferden.

»Der Feind, der Feind!« schrie die Menge und zerstob in alle Windrichtungen.

Eine große Verwirrung entstand. Pater Bruno sprang vom Podium herab und mit klappernden Zähnen stürzte er dem Stadthause zu:

»Es wird das ein Wunder sein. Um mich kommt man, man führt mich schon weg!«

Auch die Senatoren suchten ihr Heil in der Flucht. Der Scharfrichter ließ das Richtschwert fallen, auch er flüchtete.

Das Ganze war das Werk eines Augenblickes; der eine gepanzerte Krieger erklomm im Nu mit seinem Rosse das Blutgerüst und schwang das Mädchen wie eine Feder in den Sattel. Niemand stellte sich ihm in den Weg, niemand fragte, was er wolle? Auch er fragte niemand, ob es erlaubt sei. Die kleine Abteilung verschwand, wie sie gekommen, in einer Nebengasse.

Langsam kamen die erschreckten Einwohner wieder hervor. Die Senatoren freuten sich, daß man nur Czinna mitgenommen und sonst nichts. Es sei kein Schade um das Mädchen.

Der Henker machte ein saures Gesicht; man möge ihm Arbeit geben, da er sich von so weit herbemüht hat.

Viele, die hinter den Umzäunungen die Szene mit angesehen hatten, schwuren bei Himmel und Erde, daß der Held mit dem herabgelassenen Helmvisier, der auf das Blutgerüst gesprengt war, niemand anders sei, als Max Lestyák. Man erkannte ihn an seiner Gestalt, an seinen Bewegungen, an seinen glänzenden, nußbraunen Augen. Man suche ihn nicht im Wasser des stillen Teiches.

Frau Johanna Deák, die eine vertrauenswürdige Person ist, hörte, wie Czinna dem Helden unterwegs zuflüsterte:

»Wirst du noch einmal warten, bis mein Haar wieder gewachsen ist?«

Der Held antwortete ganz vernehmlich:

»Nein, Czinna, nein, ich warte nicht.«

Ob es so war, oder nicht, der Himmel weiß es. Von diesem Tage angefangen aber suchte man Max Lestyák nicht mehr unter den Toten, sondern erwartete ihn täglich zurück.

Wenn er verschwand, so hatte er wohl seinen Grund dazu gehabt. Er ging den Kaftan suchen und nahm auch seine Braut mit. Was ist da weiter dabei! (Er hat gut daran gethan.)

Einmal, Ihr werdet es sehen, wird er wieder nach Hause kommen auf einem Eisenschimmel mit goldenem Zügel, den Kaftan umgeworfen. Einstens, wenn eine große Gefahr Kecskemét bedrohen wird, kommt er nach Hause, setzt sich in den Oberrichterstuhl und fährt wie ein Blitz zwischen die Feinde.

Sie warteten lange, lange. Auch jene sind schon ausgestorben, die als Kinder dem Kaftan nachgelaufen sind, jedoch auch die Enkel der Enkel harren noch immer seiner Heimkehr.